倡导诗意健康人生　　为诗的纯粹而努力

2019年度网络诗选

主编○阎志

人民文学出版社
PEOPLE'S LITERATURE PUBLISHING HOUSE

图书在版编目（CIP）数据

2019年度网络诗选/刘乐牛等著. -北京：人民文学出版社，2019
（中国诗歌/阎志主编）
ISBN 978-7-02-012333-9

Ⅰ.①2… Ⅱ.①刘… Ⅲ.①诗集-中国-当代 Ⅳ.① I 227

中国版本图书馆 CIP 数据核字（2019）第 129507 号

主　　编：阎　志
责任编辑：王清平
责任校对：王清平
装帧设计：叶芹云

出版	人民文学出版社有限公司　http：//www.rw-cn.com
地址	北京市朝内大街 166 号　邮编 100705
印刷	湖北新华印务有限公司
经销	全国新华书店
开本	880 毫米×1230 毫米　1/32
印张	10
字数	180 千字
版次	2019 年 4 月北京第 1 版　2019 年 4 月第 1 次印刷
ISBN	978-7-02-012333-9
定价	39.00 元

《中国诗歌》编辑部
武汉市江岸区惠济路 3 号卓尔书店　邮编：430000
发稿编辑：刘蔚　熊曼　朱妍　李亚飞
电话：027-61882316
投稿信箱：zallsg@163.com

如有印装质量问题，请与本社图书销售中心调换。电话：010-65233595

《中国诗歌》编辑委员会

编 委
(以姓名笔画为序)

车延高	北 岛	叶延滨	田 原
吉狄马加	李少君	杨 克	吴思敬
邹建军	张清华	荣 荣	娜 夜
阎 志	梁 平	舒 婷	谢 冕
谢克强	雷平阳	霍俊明	

主　　编：阎　志
常务副主编：谢克强
副 主 编：邹建军

目　录

特别推荐

刘乐牛作品选 ………………………………………… 3
孤城作品选 …………………………………………… 8
玉珍作品选 …………………………………………… 13
老四作品选 …………………………………………… 18
付炜作品选 …………………………………………… 23
陈巨飞作品选 ………………………………………… 28
林珊作品选 …………………………………………… 33
南子作品选 …………………………………………… 38
袁东瑛作品选 ………………………………………… 43
简明作品选 …………………………………………… 48

微信公众号诗选

新年诗篇（外一首）……………………………… 扶桑　55
在暴雨中（外一首）……………………………… 马力　56
两个抱膝而坐的人（外一首）…………………… 若水　58
墨尔多神山（外一首）…………………………… 单永珍　59
遥控 ……………………………………………… 闻小泾　61
星子（外一首）…………………………………… 李洁夫　61
草蝉（外一首）…………………………………… 向武华　63
多年以后 ………………………………………… 川美　65
山中来信 ………………………………………… 离开　66
清明感怀 ………………………………………… 向晚　66

与大象小坐片刻（外一首）	李不嫁	67
你的眼中有一条河流	田晓隐	68
旧江桥之忆（外一首）	马永波	70
便条集（节选）	于坚	72
歌声（外一首）	冯娜	73
怎样营造一座庭院（外一首）	舒丹丹	75
在哈尔施塔特遇见葬礼（外一首）	谭夏阳	76
街日	陈会玲	78
果子	刘振周	79
归途——致东荡子	陈世迪	80
只有平静带来喜悦	陈计会	80
立春	项劲	81
紫色的山茶花	嘉励	82
他们（外一首）	华姿	83
顿悟（外一首）	余笑忠	84
瘦弱的春天（外一首）	邓方	86
露水（外一首）	谈骁	88
我以为洪湖会永远为我歌唱（外一首）	黄沙子	89
冬天的准确性（外一首）	杨章池	91
耳朵（外一首）	夜鱼	92
烧竹（外一首）	胡晓光	94
推手	陈恳	95
洗脸	晶果星	96
缝隙（外一首）	唐果	97
《短寸集》：轻蔑（外一首）	野苏子	99
一切重新开始	湖北青蛙	100
穷乡记（外一首）	窦凤晓	101
金色的早晨（外一首）	孙小娟	103
兰花（外一首）	西衙口	105
十二月（外一首）	窗户	106

阳河滩的女人	乌鸦丁	108
无常是美好的（外一首）	海男	109
在怀疑中努力（外一首）	孙磊	110
中年（外一首）	育邦	112
奈良（外一首）	施施然	114
草原月色美	娜仁琪琪格	115
时间之伤	王琪	116
傲慢与偏见（外一首）	布非步	117
一场绝望的新生（外一首）	田凌云	118
乳名	道辉	120
时日的审判词	阳子	121
蔷薇（外一首）	何如	122
祈祷词（外一首）	樊子	123
在小鸟的叫声里金子出现	林雪	124
指甲油	小妮	126
听雨	梁雪波	127
所有决定性的时辰都起于微末	泉子	128
彼岸花	南蛮玉	129
银杏	举人家的书童	129
悲秋	念小丫	130
月亮往事	乔国永	131
在玉泉寺想起我的母亲	伊有喜	132
冬至给父亲	高亮	133
走到拉萨是春天	李栋	134
最好的月光（外一首）	旻旻	135
山居一日（外一首）	辛夷	136
谜之十七（外一首）	丫丫	137
一只刚刚切开的西瓜（外一首）	梅老邪	139
独居（外一首）	余史炎	141
鸢尾花与黑咖啡	苏素	142

微信群诗选

悯刀情（外一首）	笨水	145
单身少女（外一首）	杨勇	146
旧天堂（外一首）	麦豆	148
沉默的男人们（外一首）	余小蛮	149
现状（外一首）	得一忘二	151
1982。雀斑美人（外一首）	呆呆	152
晚年（外一首）	洪光越	153
虚拟独白（外一首）	李浔	156
雨夜	路亚	157
擦人行道的老女人	埂夫	158
浅抒情（外一首）	周所同	159
黄昏（外一首）	马占祥	160
兰州向西（外一首）	离离	161
劈柴	马路明	162
寒冷的花瓣	谈雅丽	164
还乡（外一首）	吕达	165
孤峰记	李满强	167
对母亲的一次观察	陈宝全	167
裸冬	刚杰·索木东	169
母豹	南南千雪	170
湖上	李继宗	171
跪着（外二首）	李庄	171
去老屋（外一首）	臧海英	173
想起豆沙关和僰族人	苑希磊	174
树的旁白（外一首）	国洪玲	175
我的词语	梅子	177
寡淡处（外一首）	一度	178
乌龟的春天（外一首）	星芽	179

美好的事物（外一首）	项丽敏	181
推拿	王妃	182
厨房之诗	黑多	183
失落的森林之王	汪艺	183
海棠冬红	张非	184
明月草，明月鸟	郑茂明	185
玻璃（外一首）	锦绣	186
夜海	刘普	188
此时这么好，就该撒野（外一首）	芷妍	189
背草	陈光宏	190
给我写信的那个人老了	张婧	191
自况书（外一首）	黄啸	192
在桃林忆及八指头陀（外一首）	桑眉	194
戊戌笔记·读《米沃什词典》	胡仁泽	196
说吧，水	李龙炳	197
两片无花果叶子	羌人六	198
冬日	黄浩	199
寂静之夜（外一首）	冰儿	200
骑着一阵惊叹到土楼	安琪	202
圣保罗的蝴蝶花	燕窝	203
马首是瞻	格式	204
孤独	辛泊平	205
那根拉	汤佳佳	206
白鹭	张建新	207
燃烧的尽头	宗小白	208
岩畔花	陈润生	209
我们只可以带走一片叶子	崔岩	210
小寒	宾歌	211
金橘颂	苏末	212
一只鸟的下午时光	南门听雨	212

高山云雾茶	肖许福	213
桑梓梧桐	陈安辉	214
树梢的雀鸟是孤独的	童童	215
高原的野花	王祥康	216
南山	程沧海	217
寻找（外一首）	温秀丽	218
汪集乡下的早晨	周占林	219
沉默的苍穹	小雪人	220
寺	茂华	221
缓缓的光阴	刘洪泉	222

博客诗选

生而为人（外二首）	游子衿	225
无用的，恒常的（外一首）	黄小培	226
花瓶生下我们（外一首）	淳本	228
成长史（外一首）	霜白	229
失踪（外一首）	苏若兮	230
丢失的马匹独自返回家中（外二首）	赵亚东	232
清明慢（外一首）	李敢	234
我们知道些什么（外一首）	莫卧儿	235
骄傲之心（外一首）	宁延达	237
雨中（外一首）	冷盈袖	239
洁净（外一首）	胖荣	240
新年（外一首）	李见心	241
立春（外一首）	梁积林	243
呼吸（外一首）	胡刚毅	244
深夜一点钟的男人	高建刚	245
人生不相见（外一首）	七叶	246
傍晚的时候我去看风（外一首）	雨倾城	247
雪舞	鲁橹	249

困顿于土地的女人	牛梦牛	250
惊弓	赵目珍	251
割草机	叶小青	252
你在干什么	吴春山	253
白色小镇	兰雪	254
看一场电影	拾柴	255
泉城词典：青荇误	韩簌簌	256
尘世的万分之一	范剑鸣	257
我忍受着一个人孤独的晚祷	周簌	258
断章	姚彬	258
和一位大师交谈（外一首）	三色堇	259
听布谷	杨光	261
女人们	阿藵	261
在打铁铺	流泉	262
勇气	幽燕	263
青篱	谢晓婷	264

中国诗歌网推荐精选

再造的手脚	汤养宗	267
大觉寺归来	臧棣	267
小山坡	路也	268
夜雨	庞培	269
撒哈拉的甘露店	向以鲜	270
筷子	黄梵	271
小青藤	世宾	272
我爱生生死死的希望和幻灭	李瑾	273
雨水节	颜梅玖	274
一个老烟鬼的火柴情结	高凯	275
李白路过的回山镇	洪烛	276
水淹橘子洲	谭克修	277

留在纸上的诗是一首诗的遗址	高鹏程	278
病中	苏省	279
海边书	慕白	280
蛾	黄玲君	281
我所热爱的是这些尘埃	白鹤林	282
晚安，少年	丁鹏	283
布吉	木叶	284
绿皮火车	唐小米	285
秋风起	吴投文	286
逆行	孟醒石	287
花椒树抑或我的祖国	亮子	288
渔村听雨	二胡	289
水车谣	高峰	289
所有的五谷都在这一天集合	吕游	290
立春日	伊若扬	291
云顶寺	阮宪铣	292
每一顶草帽下都有一个相同的父亲	阿成	293
依然是空	小西	294
目睹一只鸟的死亡	衣米一	295
水中的父亲	吴友财	296
炉火	江浩	297
婚姻	憩园	298
麻雀	许敏	299
晚秋的晚	黑泥	300
烈日	吴少东	301
流水上的剪影	陈波来	302
羽毛球不能等于无	宋烈毅	302
光辉	韩玉光	303
尼傲：阳光聚集的地方	北乔	304
吃面	石玉坤	306

2019 年度网络诗选
特别推荐

刘乐牛作品选

刘乐牛，1973年生，宁夏固原人。

错　觉

这片冷风吹薄的湖面
比我回忆起的青春
还清浅迷离，仿佛远处那条烟岚萦绕的幽谷
以我当年心思般的千回百转
连通了初恋养育在未名处的梦境

我看见无可依附的涟漪
还颤动着，月光断在温柔里的细弦
整个水域如虚弱的纯情
靠缓慢积累
凝聚起的，亲切、冰凉的形体
隐约有隔世的呼吸
萦绕着它忧郁在透明里的秘密

这让我确信，有一个蜿蜒在苍茫中的过去式
为它提供了连续的水源
我一直都走在里面延伸着语义
沿路的磕磕碰碰
只是放不下的情感

通过生活，跌宕在时光中的不同回响

我瞟了瞟孤独在水里的自己
一张有点陌生的面影
像是望着，肉体为他在尘世
制造出的一个假象
眼神里有着玩味的挑剔

向下攀登

世界并不会暴露自身的虚伪
是黑暗的钥匙，开启过我心扉后面的门窗
我才有了含而不露的锋芒

我知道海水升起的时候
光明正大的山峰，就会成为暗礁
内心藏刀，扎到了自己
同样会肝肠寸断
掩面而泣。我痛恨高尚的身影
蔑视纯洁的脸型
伸出手来，只会怜惜每一根扭曲的神经

我坟墓般的胸膛，埋葬过太多的美好
我喜欢黑暗中醒来的雷电
一次次，击打它上面的荒草
我拥抱地狱的热情
早已胜过，对天国的渴望

我不想见到的东西
据说就在我的头顶之上
剩下的日子,我只想向下攀登
只想见到,以鬼魂模样,活在地底的神灵

我只是想还原出本来的样子

放弃部分想要的东西
简单下来的生活
就解开了,食道上最紧的绳索
呼吸着清新的空气
我健康干净了起来
与头顶的蓝天,越来越能坦诚相见

微凉的秋风,也打扫落叶般
带走了很多斑斓的面孔
水清云淡中,只剩几个
能一生喝茶的人
我逐渐快乐、无畏
远离恶俗,抛掉了很多虚伪

我明白,活在这欠缺的世界
必须允许外物
来侵占,除非选择死亡
并不能完全拥有自己
我放弃部分东西
不关任何大义,只想用弱者手段

尽量还原出本来的样子

不　该

我不该听见自己的骨架里
卧着一把前生的古琴
不该去想，一条缩在体内的天河舒展开腰身
该有怎样的大江奔流

不该把肉做的心脏当作寺庙
在它干净偏僻的区域
初恋只是无意间，刻下了与传说有关的岩画
不该如等候一列总不到来的火车般
把自己当成徘徊的站台
一生很短，不值得为远方而消耗

那么多的路都挤满了身影
我不该孤独，不该鄙视一堆阳光下熟睡的黑暗
梦里发出的香甜轻鼾
不该在春天，违背季节地穿上棉衣
不该画饼充饥，诬陷这个富裕的时代

只是没有这太多的不该
我真不知还能靠什么
活到现在，也许千不该，万不该
我最不该的就是来到了人世

我不由要怀疑

活得如此紧贴地面,我大量汗水
必须随五谷杂粮流回食道
攒不出足够力气
向上飞翔,荆棘刺烂的灰翅膀
只能在低空盘旋
我不忍逼气喘吁吁的苦短人生
做蓝天上的事情

高处落下的一粒种子
不肯安息,总在我辛劳供养的皮囊
非分地生出风头上的游魂
如同牵挂上一缕出了远门的白云
我又常忽略大地焦虑的眼神

想到安身立命的帐篷
我懒于修补,不断寄出的梦
一次次无人答复
也无人退回的信
却无礼地,在消耗我精气秘藏的元能
我不由要怀疑,真正的我
也许居住在我够不到的头顶

选自刘乐牛博客(http://blog.sina.com.cn/liuleniu)

孤城作品选

孤城，本名赵业胜，70后，安徽无为人。现居北京。

走西口

长风抬远唢呐的呜咽，抬不动
泪疙瘩砸疼大白路的尘土
世上的路，晃人。晃得碎光阴，扎人的玻璃碴，白晃晃
揉搓在路口一对对离人儿的心尖尖，脚窝窝

细针脚的叮嘱，红窗花的愁
咬一口汗味的肩头
一百里长川，妹妹豁出命来招手

青草挤不上大白路
荣了又枯。青草在有草的地方，沿着大白路
一路跟丢多少背影
再也没能回故里
那么多人汇成大白路，被饥荒踩过去踩过来
一根长刺，细白，扎进那么多毛眼眼
愣是拔不出。多少年
多少土堆跐高的叹息，被荒草晃抖着身子，一一抹去

百里长川，一个时代遗落下的

空腹的旧褡裢
被红丝线绣成新锦囊

两相苍茫

云和雪互不相让,一些挤落在草地上
咩咩,替春天喊出痒

天蓝得让人喟叹,这些年,我们一直过着
被克扣的生活。泪曾凿开过你我
烂尾楼的洁癖

在万米高空,俯瞰
人世沙盘
有谁,与你互生大理石内部的闪电?又
两相苍茫
"剩下的日子,我靠忘记你,生存"
阳光恰好关照半身光鲜,勒出
另一半烙着安徽的幽暗

白云一朵一朵拼接天际线,棉花消弭骨白
身体里预留悬崖

两只战栗的白蝴蝶

两只蝴蝶,不是三只。三只没有两只安静。

两只：一问一答
显得有秩序，符合审美与道德。不会发生推诿
装糊涂
混花摸粉

两只蝴蝶开始战栗，如果不是想飞，就是动心了
一只瞄着另一只
翩翩草木人间，春暖花开

两只战栗的蝴蝶，恰好又都是白色的。白色的蝴蝶
用两只对抗疑义、失恋
用战栗的白，转述旧年冬天，我没有接住的
那两片裸奔的雪——居然
自己飞回到了我的笔尖。让我再一次试着捕捉
易逝的美好
渐渐忽略眼前——这两只战栗的白蝴蝶

多年以后

雷，继续在撅骨头
摸着黑，雨水冰凉，流得到处都是

你起身，骨缝簌簌，土粒细微
就着闪电
抱残碑，修改他们错刻的笔画。就着一朵凋谢的名字
干燥地
恸哭

浩瀚里。那些爱过的,恨过的
都得以安息

旁观者

时光从牙缝里
剔出骨架

我一朵一朵饮过凋敝的春天
如你所见
那走失在灰烬里的,被灰烬永恒吞噬

我且活着。只是活着
如你所见
一日日,长风无从拆走我内心的庙宇

这逝若汹涌的过往
我需要泪眼模糊,才能将你看清

在迷醉的间隙

翅膀掀过头顶——呼啸的巨石坠向深渊——
天际,暮色缓慢葬送的
那一点孤影
是谁苍凉的——最后一场爱情

"最舍不得的都舍得了,就没什么了"
直到生。

你必活好。
鼓胀的,母性的春天。你惊怵的小鹿的善感心灵

油菜花决堤的季节
酒瓶高于废人
我攥紧不摔,是为徒劳。为相送。那吞咽而下的
汹涌的
碎玻璃

还有多少人世的光阴
可堪分割我们

选自孤城微信公众号"长淮诗典"

玉珍作品选

玉珍，本名罗玉珍，1990年生，湖南株洲人。

少　年

少年们穿着球鞋
在一颗比球更小的太阳下
朝我们涌来
被古惑仔蛊惑，被电子游戏带走的少年
转眼就要长大
这样的少年遍地都是
买不起衣服的少年花钱如流水的少年
为朋友可以拼命的少年
还不懂爱情
他们的眼睛纯洁得使人担心
为了爱可以付出生命
我们的少年像流水一样
正涌进陌生的浪潮，他脸上分明有一个孩子
每一个少年都骄傲过，智商高超
曾震惊时代的双眼
少年们穿越着麻木的人山人海
使额头反光镜那样明亮
他们将老去，将遭罪
将生不如死，将名垂千古

将带着清澈的羞涩的小心意
在一场巨大的聒噪中
挤进被浑浊淹没的时代的站台

扎猛子

没有比这儿更厉害的水手
大海是他们的广场
而潭渊是花园
梦将他们带到了不可能之地
穿过涟漪，水草，阳光的刺目
在深渊理解了开拓
水是少年最后的领地
除了高山，没有更好的远方
那是耀眼的1998，我站在石桥上
看着朝大河奔来的男孩女孩们
白色的波光里
他们自由地通往虚幻
岸边上响起了此起彼伏的水声
明亮的少年
战士般扎进水的宇宙

青　年

每个时代都在他们激烈的青年那儿
发现诸多不合时宜的讽刺

像他们的烟头，游戏，汽车和报纸
在荷尔蒙，物价，自由和智能科技中发酵
产生潮水一样的舆论
10万加的泡沫与幻觉
在年薪不足10万的痛苦中
分散毒舌与牢骚
但他们终究是青年
豪情万丈，意气风发
与信息一同爆炸
像天才一样孤独
虚幻之物将人的脑海填平
而冰洋与冰山衬托出四肢动物的无辜
在这个顶级严肃的世界
我们的玩笑与荒诞并肩而驰
将会在哪个昏黄的早晨绝尘而去

依然没有下雪，妈妈

依然没有下雪，妈妈，
它变成了雨
一种伟大的弥漫的白色际遇
已确定完结，
我很难过，妈妈
天上再不会掉鹅毛那样的暴雪
一整个无价的城堡已瓦解
在寂静的星罗山，树上的神灵
雾一般突然万里无踪

二十年过去比一场雪更短
我在干净的原野里慢慢地走着
感到了造化的惆怅
暴雪已经告别
丧失它的时代正在到来

牛

一个大雾的清晨
我在老旧的牛棚下看见
父亲多年前种下的栀子，他最爱的花
已丧失优美的香气，在寒风中
瑟缩着冰凉的叶子
我曾经天天往牛棚中送草
看我的牛割草机般吃下那些干枯
并在夜幕降临时睁着大眼睛望我
它悲伤的黑眼仁像一口苍老的古井
疲惫也没法熄灭光亮
那时我小，还不明白
它巨大纯洁的黑眼仁
那无辜
将在夜里发出怎样使哲学痛哭的静默
但它没能够陪我直到现在
再没有一头牛站在牛棚里等我送去草料
在某个模糊的金色的傍晚
我的牛被屠宰而成为食物
如今用那双眼回到了这儿

像雾中单纯的太阳
望着我
它的一生仿佛毫无内容

野　猫

快死了，那只猫
它让我想起人类
有一段时期女人总生孩子
很多很累，往往还养不活
我们将猫食放在路上
花坛边，放在它会去的地方
我们去找它它躲起来
我们靠近它它就跑
它总是惊恐
总有那陌生的尊严
但她快饿死了
她在想什么呢
她像个人一样多虑

选自玉珍微信公众号"Freedom艺术"

老四作品选

老四,1985 年生,现居山东济南。

地坛怀铁生

那个坐在轮椅上喂鸽子的老头
让我想起另一辆轮椅的高度

树和树间的杂草
让我想起多年前它们年轻的时候

游荡在天地间的空气
让我想起另一种呼吸的可能

更多来来去去的人们
让我想起我的另一张面孔

过去和现在,时间流逝
此时此刻,我是否还爱着那个虚构的男人

那时天地辽阔,一辆轮椅是最高的建筑
只有我在远方牵挂一个单薄的背影

穿墙术

所有人关注的,仅仅只是我的消息
而不是我背后的人间
所有人问我要一串羽毛,我的,还有别人的
我经常盯着墙角发呆
一堵墙,一个活着的理由
是谁把我逼到墙角,只是一个人,站在墙角
一无是处,所有的敌人在我身后
前方只有墙角,以及等待我练就的穿墙术

妖娆之乡

在我的家乡,蝌蚪大如牛
蚂蚁脱如兔
一株玉米能供我十年的温饱
一个乡下女人能供我一辈子的性爱
一条河能奔涌出黄河的长度
一个我能繁衍出一个村庄的人丁
一场雨能浇灭所有的农耕和荒芜

一个可怜的流浪人,在不断的想象中
建造了一个城堡。装满水,城就破了

在我的家乡,静默,如我

也需要一次无声的吼叫
不断重复一些有意思的过往
那些虚构的真实填满一万条黄河

我没有粮食,只有一张饿嘴
虚拟的饕餮在我脸上刻下一个妖娆的国度

退　货

在我们那儿
有很多外地女人
四川的、云南的、贵州的
缅甸的、越南的……
一眼就能从人群里拎出来
——身材矮小
前额和嘴唇突出
操着我听不懂的鸟语
喜独行,善佝偻
逡巡在沂蒙山区的石缝里
身后经常跟着
一个拿木棍的男人
她们习惯躺在木棍底下呻吟
嘴里呜哩哇啦好像很痛苦
久而久之
就学会了流利的土话
用木棍打和我一样的孩子
让他们代替自己呻吟

逐渐矮小下去的身躯
添加了腾空的速度
有一次，两个男人打了起来
这很少见
那是因为其中一个购买的越南媳妇
倒卖给另一个后
死了
买方想退货
这是万万不能的
货物售出概不退换
他们在女人的尸体旁
痛痛快快打了一架
然后凑钱
又去了南方

秋　夜

只有公交车是无辜的
中间派的风吹过来
我和我的影子一起上车
窗外的建筑发出只有我才看懂的光线
一些事物会在夜里大喊
在秋天，我更关心灯光的颜色
会不会一下子暗下来
会不会背叛城市
像我背叛母亲一样
继续向前，公交车开进暗影

那是新的灯光取代了旧灯光
一些从未感知到的事物出现了
他们使劲阻止我去往人间
我不去了,老之前
我不会放过任何变老的机会

无 端

那时候,无端白云,无端天空
无端下午,无端喝一瓶玉米酒

那时候,付小芳还没长大
心里藏着一只兔子,兔子们藏着她

我是世界的一半,另一半在河那边
视线永远上不了岸,永远望眼欲穿

一个怀才不遇的春天,无端忿恨
一个无端的人站在岸边担心人类

所有喝过的酒,望过的女人
人类还未年轻,水里的石头还未湿

思念一个人是对另一个人的犯罪
忘记一个人是所有忘记的总和

选自老四微信公众号"四只耳朵"

付炜作品选

付炜，1999年生于河南信阳。现居四川成都。

钟摆之谜

积沙成塔的日子，面壁图破的日子
午后，读李商隐，到处都是谜语
乱云飞渡，我从它的幽深里走出
而伟大的诗意，在无形之形
一如钟声煞费苦心，营造的词句

余生要多做寂寞的事，无声润物
倘若还写诗，不求高绝，但求心安
如同午夜听肖邦，耳畔常有
十九世纪的风声，广场上
鸽子浑身都是古典主义，行人匆匆
许多的苍蝇嗡嗡响，时间在沉睡

此后多年，有个人一味悲伤
愈来愈恍惚，该死的青春
溃败如浊浪排空，忽而有疲惫的
星辰掷于海面，怎么才不虚度
这片刻的光芒
我日复一日打捞潮声

寡言之欢

冬日有霾，车窗外一片残山剩水
我听肖邦时安静异常，常想起夏日小院
墙上摇曳的花影，而光阴虚度
这些年总面对，空落落的枝头
冥想，《金缕衣》如何写成

我的床头贴着梵高的《星夜》
枕边放有杜甫的诗集
"星垂平野阔"的意境何其相似
他们都深知万物的言语，唯有
永恒的艺术选择沉默
唯有沉默能使孤独久而弥新

在寻找一个词中消磨此生
它的隐逸像湖面遗失的縠纹

论轻逸

"应该像一只鸟儿那么轻，而不是像一根羽毛。"
——保尔·瓦雷里

天空是我唯一的重负
在春天，我学会了临窗远眺
《诗经》里的那种轻
孤岛上的那种轻，被消磨的

夜晚，时间那么轻

死去的人那么轻，晚餐后的远行
让我们置身于田野的轻
活着，爱与恨
风吹起……那么轻
写作时，词和语言那么轻
造就我一生憾事的轻

这世界会因我而轻吗
我常常用黄昏的柔光
在白纸上写：
天空是我唯一的重负

道路之外

我看到了，那令我们断裂的时间
路旁孩子的口袋里，藏有潮湿的树叶

和饼干碎屑，天空蓝得，一滴滴
往下掉，丘陵展开连绵的画布

风在吹，群树挥舞手臂
信号塔在山顶，云在山脚，我在

自己体内不绝的道路上
徒然寻找着无限接近神的时刻

道路之外,日光的船
晃荡在田野,呈现出一面扇形的眩晕

我心中尚未崩坏的部分

是云,在晴日的枝头低语
看路人的脸,不停变幻,燕子四散而去
是田野,清淡的谷物,多少年
风吹来吹去,毫无秘密可言
我已经习惯倾听缄默

白墙上,花藤摇曳,狸猫假寐
我早就沦为除了我以外的所有人
他们对着窗户说话,胡言乱语
像海德格尔和庄子一样嗜睡
干瘪下去的嘴巴,不断流出呓语

某年我们一起寻欢作乐,深夜饮酒
放浪形骸之外,我们知道时间
对每个人的审判,也知道月光下
事物微弱的喘息,我们需要抛弃
深不可测的泪水,永无止境的悲伤

因孤独而迷人,我心中,枣核般宇宙
从未如此平静而空荡,从未有人
可以轻易摧毁它们,也从未有一封信

可以抵达，我只承认夜空中的岛屿
是我和天空之间，唯一完整的雨滴

晴日帖

天晴的时候，我有无处藏身的虚妄
想做一个徒劳的人，去衔西山之木石
学诗如填海，这些年，我只投下了
几颗碎石，几块朽木
只能击起杯水微澜，而树影婆娑
龚自珍望着窗外，又一次愤懑戒诗

两百年太短，以至于我们竟然有
相同的愤怒，那些如出一辙的愚民
忙于长叹和隐忍，谈国事如谈天气
昨夜，我听见叶落屋檐
荒草张口预言了凛冬将至
今日晴好，我拂扫旧书上的尘埃

我内心的深井里，盛放着数十年的雨水
那令我不安的究竟是什么？
鸟鸣有亡国之痛，时间像一味苦药
如今我，最怕读杜甫的诗，他死于舟中
衣裳尽湿，一个时代在涨潮
谁又能做岸上的旁观者，这
太平盛世，谁又能说我心悲哀

选自付炜微信公众号"在人间读诗"

陈巨飞作品选

陈巨飞，1982年生，安徽六安人。现居北京。

湖　水

湖水涨了，春天一天天地丰盈。
我惊诧于岸边的槐树，
一天天地倾向于塌陷。
父亲的头上开满了梨花，
他梦见年少时遇见的大鱼，
到湖里找他了。
母亲一宿没睡，她喃喃自语：
"我这命啊，竟抵不过陪嫁的手镯。"
他们划着暮年的船，
沿青草深处，寻找烟波浩渺的旧天堂。

木桨哗哗，拨动湖水；
春风无言，吹拂往事。

春　天

池塘开口说话的时候，姐姐
采了把马兰头

她的红胶鞋沾满汁液

那场雨,让记忆的麦穗发黑
瓦片,长出青苔

少年失眠,萌发爱情
我到镇上,买了一盒磁带

你的自行车摇晃
伞尖,垂落雨滴

二十年后,春天晴朗,柳树的头发很长
你的手机深处,藏着一首《卡尔加里路》

此时,我穿过花家地南街
擦肩而过,是陌生的蝴蝶

一人书

他练习跳跃,摘到梨子后,分给了
跛足的二战老兵
木材在等待锯子,而锯子在等待一场战役
他多年都不会飞了。在废弃的伐木场
耳朵里长出一朵大蘑菇
在夜里,有婴儿哭泣。他记起曾经的国度
缺一位英雄。也缺一名裁缝。他懊恼极了
像是从来没有建起他的国

他希望有座菜园,做蜻蜓的微型机场
他希望有架梯子,直达天堂
他的体内有一匹马,老马,偶尔发情
他打算去趟莫斯科,如果莫斯科还有黄油面包

旧日子

矮小的屋脊睡了层薄薄的月光
一面墙坍塌大半
蝙蝠飞来飞去
窗前的槐树死了
为了点缀贫穷的饭桌,之前的春天
它开满紫白色的小花

流水冲刷河道,露出斑驳的岩石
父亲在烧麦茬
到处弥漫着刺鼻的味道
因为想吃冰棒
帮他拿烟时我偷走一毛钱
夕阳的余晖浸泡着这一切
寂静、缓慢、陌生

很多年后,我翻开家中的人情簿
眼前浮现出旧日子的灰尘
最新的那一本,也是最厚的
封面上的时间提醒我
父亲走了,将近一年

一只麻雀落在望京

没有屋檐的城市,我看见一只麻雀
落在望京的盲道上
寻觅着什么
作为城市五线谱上的一个小音符
它的发声,很快被合唱团淹没

它时而飞起来,时而
好奇地看着来往匆匆的异乡客
牵牛花沿着铁栅栏攀爬
紫色的花朵生锈了,眼泪还没有干去
一只麻雀,要赶在入冬之前
找到栖身之所

它像一枚落叶,叩问大地的心脏
大地许诺:给它春天
给它丰收的谷物、温暖安全的巢穴
给它飞翔的自由
也给它发呆的权利

一只麻雀落在望京,没有找到面包屑
卖早点的小摊贩,昨天回了河南

胭脂扣

雨打湿黯淡的厌倦。
雨从未到达，
只是——
在穿行中消失。
浮在花朵上的寂静，
盛入杯中的空虚。

我愿是白纸上的黑字，
但这绝非事实。
我愿意是刀子，我愿意是墨汁。
如果我在坚持涂改，
河滩上沙砾的秩序。
我愿无形的事物都可以触摸：
预报里的初春，
滤镜后的少女。
雨揳入庄重的雨靴。

我已经不止一次，
侵犯你光滑的肉体。
在梦中，
你呈现体内的芳香时，
我打开的路径，
不值一提。

选自陈巨飞微信公众号"河畔诗社"

林珊作品选

林珊，1982年生，现居江西赣州。

图书馆

仍然是满屋子的寂静
我在那里
一坐就是一整天
像是一个圆满的句号
可是我的身体，暗藏病灶

我仍然如此依恋
这个尘世
现在，我只允许自己
喝纯净的水，吃少量的食物
爱一个正在失去的人

清晨即景

新买的粗线衣
被路过的灌木丛钩烂了
风很大，草地还是和以前一样茂密
我在单位门口刚掏出钥匙

就看到一个老人蹒跚的步履
像是一道来自远方的弧线
而清晨的广场
露水晶莹得没有道理
清扫落叶的人站在树下
拥有片刻的寂静
他的头顶，仿佛刚刚下过一场雨
那个像落叶一样的老人
从树下经过
单薄得让人想要流泪
苍老得让人心生嫉妒

重　逢

当我重新读完
给你的第一首诗
为什么竟会无端落泪
这其间有多少长夜
你是那个
给予我月光和曙色的人
如今银杏树的叶子还没有落完
秋天还没有走远
一场虚构的重逢
在空荡的白纸上得以呈现
如果衰老的秋风
拥有一颗善良易碎的心
如果栾树的果实

迅速落满黄昏的水边
如果这人世间所有的爱
可以恒久一些……

你的笑容,还会不会
被陌生的我所遇见

致

如果连一扇透明的窗户
都不能够
阻挡人群中的喧嚣
如果连满天璀璨的繁星
都不能够
给漆黑的眼睛
带来片刻的安宁　那么
我们该如何走在不同的
秋风中
梦境里
因为这人世的痛楚
而发出叹息

我们从未真正进入过秋天

我们从未真正进入过秋天
我们从未坐在秋天的屋顶

唱着凋零的歌谣
我们在秋天里走来走去
直到柿子树下堆满金黄的落叶
直到在晚风中遇见转世的蝴蝶
直到初雪落满空无一人的荒野
直到落日饮尽寒山
直到寒山的石头
温暖如初地
坐在我们身边

去看流水

我们离开喧嚣的尘世
仿佛已经很久
我们在一截流水中
进入另一个秋天
我们在很早以前
就来过这里
我们拾柴生火
仰望两株木芙蓉的天空
我们没有必要
再为红蜻蜓加冕
我们没有必要
再为大地写下颂辞
山谷的风声那么大
蜿蜒的道路那么小
一个牧羊人

走在羊群的最后面
我们坐在河滩上
安静、纯粹
我们看不清他手里
那杆挥舞的长鞭

水边的阿狄丽娜

他背对着我。在弹琴
是那首——
《水边的阿狄丽娜》

其实我希望摆放钢琴的
房间　再空旷一点儿
窗外簌簌的落叶
再堆积得多一点儿

这样我就能够
清晰地看见
在很多年很多年以前
美丽的阿狄丽娜
站在十月的水边

她空茫的眼睛
因为爱情
而灿若繁星

选自林珊微信公众号"我只是想要一朵蔷薇"

南子作品选

南子,1972 年生,现居新疆乌鲁木齐。

每　天

像周围那些弱小的和挣扎的人一样
我每天都在笨拙地演示
学到的知识和德行
却常常不小心
流露出一些恶
还有对恶隐隐的羞耻和厌弃

夜晚多么空旷

夜晚多么空旷
像一封打开很久的信
当风收紧了榆树的外衣
也收走了雨水中刚刚绽开的绿意
在这平常的一天　这个夜晚
一切都像是刚刚好

但是　平常的夜晚过于昂贵
笑声中的悲哀和茫然不会漏出这个夜晚

不会漏出女主人的叹息，厨房的油烟
邻居们的争吵
以及受苦人松开的愤怒
不会漏出稿纸静静的水底
那鱼群般推动着永不止息的波浪

——因为　在所有这些平常的夜晚
我早已将一座石头山
安置在了沉沉笔尖

诗歌课

没有陋习的事物是不可信的

我写诗
是出于对无名的需要
当有一天　我终于洞悉了生活
给语言以阴影
像从善中提取恶

这暗处的力量再一次绷紧了它的弓弦
当奉献已尽
这无用的手艺
已不能与人世间的草芥和浮尘相融

而尘土
落向了最后一个头戴金冠的人

带着下沉的心——

我凋谢了　而你全都原谅

麻雀的志向

天空中没有道路
走入鸟中，才知道飞翔的艰难——
才知道表达的怯懦
还有灵魂的慌不择路

比如　当麻雀突然飞起
像钉子一样揳入虚空的墙
而天空在上升
云层铺开咒符
河流在翻身　鱼类在清洗伤口中的盐
道路由南向北，或由北向南
都是通途——

而麻雀在飞翔时
始终注视着云端上那个耸立的巨人
他是不可战胜的，因为他是最大的虚空
当它仰望，他就消逝
当它接近，他就游移
当它描摹，他就抽空
天空永远在高处，在赞美的言辞里
但它信赖这个虚无的巨人

就像信赖它其实就在自己的身体里
就像信赖你
会带来另一世界的奇迹

遇 见

我有我自己的旅店
当我走在路上　遇见第二个人
那个迟来的围观者　是痛苦的

我曾经有过一个家庭　结实、辽远
每一天　顶端最轻微的沙粒轻轻滚下
露出棺木的光泽

我有我自己的形状和简洁的名称
曾在每一个黑夜里
顺从黑夜和黑夜里的人

我还需要什么　那多出的东西到底是什么
当流水改变着意义
当我像风帆一样飘走
当我把岸还给你的时候

那未知的——

一定有什么
我还没有忘记——
所有蓬勃和衰败的生活都被我经历过了
这是否意味着
厄运可以再次轻松跨越？

我深知那弧度中的力量
直白　尖锐
一个失去荣耀的人
肉体紧绷到黎明

像在寒风中哈气
我忍住逆行中奔跑的速度
就像忍住胸腔中一阵小小的微澜
——现在　它携带着一整座城池的冰
要将我弹向一片未知的水域

选自南子微信公众号"南子"

特别推荐

袁东瑛作品选

袁东瑛，80后，现居辽宁丹东。

柔软地带

风总是搭配着雨
患难与共，而我和你的手
一直牵着，我不松开
你就不能缩回

世间不会都是孤独的
就像水对水的依靠
我要把心脏
搭桥到了你的柔软地带
凭着鼓点一样的声音
找到你的穴

季节总是变化多端
种子，嫁接给另一个春天
也许我的眼睛花了
世间才变得异常
而我对你的爱
却从没有被移植变异过
一丝一毫

卫河边上

关于梦,我可以把它们
做成轻巧的船
在梦里,我可以是卫河边上
为情殉命的妒妇
忠贞、泼辣,甚至有一些偏执

死亡不一定是精神的残缺
相反,是捍卫
精神不死的另一种完美
我并不把命
看得太贱

多少人在推杯换盏中少了肝胆?
而卫河边上多大的风浪
就会掀起心中多大的
爱恨情仇

到卫河边上,去走走吧
唤那些把爱情看得神圣的人
回家

我化妆

春天是我的胭脂
月亮是我的眼睛
黑夜是我的头发
我把自然装在脸上
唇上开一朵玫瑰

我化妆，这是我的一种习惯
就像有人习惯了酗酒，赌博，欺骗，谎言
习惯了悲凉，冷漠，别离和自欺欺人
我习惯护人间的短
我化妆

我要记住人格的魅力
像记住我深爱的敌人一样
曾经这些新鲜的血液
曾经盟约的初心

我化妆，接受黎明的洗礼和暮色的庄重
我化妆，掩盖岁月留在脸上的斑痕和灰色
我化妆，给来不及止痛的心灵
上一层好色

我化妆，给鸡鸣狗叫的人间
给丢失了信仰的人心

唱一出好戏
哦，那些终将诞生或死亡的爱恨
那些小丑一般的哀鸣
以颜色，以爱和慈悲

我化妆，不向上帝隐瞒
一个爱美女人的罪过

孤　单

夕阳匆匆坠入我的黄昏
那个披着余晖晚归的人
是被我爱得彻底的人

我纵容你挥霍我的爱，隐忍和温存
纵容你随时拿走我身上的一切
哪怕我已经体无完肤
剩下仅有的一小块骨渣
也是你的

告诉你，我此生的夙愿
就是好好活着，好好爱
我的世界正在缩小
别怪我的狭隘
它只能容纳下一个人的空间

世界越来越喧哗

我会越来越静
静到你必须屏住呼吸
来听

百丈漈：爱的深渊

遇见百丈漈就遇见了银河
这星辰的碎片，大海的飞花
压向心头的峭壁
多么决绝
为了一次塌陷的爱
做一次俯冲

这些颤抖的泪水
止不住的爱恨
一次次走向生命的纵深
河流再次被逼上绝境
而我必将是断崖下的一滴水
我说，我爱这深渊

李白情长，白发三千丈
百丈漈只是其中最为疼痛的一根
不要归咎爱的对错
我失手碰翻了自己命运的水
必将义无反顾地交出自己
以清白之身，以铮铮铁骨

选自袁东瑛微信公众号"神散形不散"

简明作品选

简明,60后,现居河北石家庄。

狮　王

1

动物以食与性划分种群
身体构造与物种的关联度
犹如亚洲与非洲

食欲统治着形而下的所有领域
只有脱离了低级趣味和传宗接代
性欲才成为形而上的旗帜

2

非洲,远在非洲
狮王从未提及过这块发烫的土地
即使非洲,就在狮爪下

鬃发与沙漠,在颜色上
始终保持一致,狮子与沙子
在数量上,形成鲜明对立

王是以少胜多者
沙漠与狮子在扩张领地的过程中
逐渐退化,但退化的狮子还是狮子

3

故乡像土地一样无法迁移
而王位和母狮的数量
则变化无常

杀戮与交配,均发生在空旷的开阔地
像最高的山巅,谁都可以仰望
谁都无法占为己有

狮子从不与占山称王者
为伍,在独裁者眼中,最大的山头
也不过是山头

4

狮王的吼声,从不受地域限制
这只领军率众的号角
曾惊散雁阵,震聋雄鹰

穿越非洲,先行一步的狮威
所向披靡,所到之处
众兽俯首称臣

5

坐享其成的屁股,离王位最近

王者，以端庄的坐姿，发号施令
却是离天下最远的人

狮王的天下，远不止爪下的
土地，无论它有多么辽阔
王者眼中还有：天空和远洋

6

阴谋与阳谋，同属上层建筑
悬千金与礼下士，却属于
行为艺术

阴阳术同父异母的兄弟
阳谋走上三路，重义而轻胜负
阴谋行下三路，重利而轻德行

7

一只母狮在追捕野牛时，折断前腿
它脱离狮群后，并非死于创伤
而是绝命于孤独

皮肉受到打击的野牛，不至于毙命
它离开群体后，必将死于魂飞
或者胆破

8

狮王的孤独，远大于死亡
它的绝望在于：从未遭遇过一个

真正的对手

当然，狮王的孤独还在于
从未遭遇过一场真正的爱情
孤独，是王者的狂欢

母狮们的孤独是：永远也无法
占有一个真正的王者
狂欢，才是群体的孤独

9

隐姓埋名的侠客，浪迹天涯
沿途只留下尸骨
和子孙

留踪者，为此丢命
留名者，其实
无名

猎　鹰

眼睛里藏着闪电。飞翔和俯冲
都不辜负浩瀚的天空和滚滚红尘
——除了人心！天下尽收眼底
高原、沙漠、山河、沟壑、绿洲
高楼、人流与公路，相互盘根错节的大都市
似乎被一眼望穿

富饶的大地,最大限度地敞开了它的胸怀
猎鹰的一日三餐,就丰盛地摆放在
这个巨大的餐桌上。狼犬、牛羊
田鼠、山鸡和水鸟,各自为营
它们与山水相邻,与草木相伴
大地所呈现的食谱,让云朵
也垂涎欲滴

猎鹰在高空游弋。它有时走神
迟疑,有时犹豫不决
春生夏长,秋收冬藏,此天道
牲畜们成群结队的幸福
多么美好!怎忍心将其中一只
像强盗一样,抢走
…………

假如它们中间,混入猥琐的偷食者
狼叼走了羊羔,田鼠瓜分了鸟蛋
从天空俯瞰——五彩斑斓中
再小的污点,也难逃猎眼
大开杀戒,用时仅仅几秒
惩恶扬善的翅膀还未升空,猎物
已被鹰爪,撕碎

选自简明微信公众号"读诗笔记"

2019 年度网络诗选
微信公众号诗选

新年诗篇（外一首）

◎扶桑

恋人们，别让我看见你们分手
在你们的裂痕里横着
我的痛苦

相爱吧，亲吻吧，紧紧
拥抱在一起——
把这我需要的

阳光，围在我身上。我的疑惑
将由于你们的纠错
而成为那得了满分的孩子

手的变奏

原谅我恨过你
你打击我，当我的爱还是幼苗
你催开它。你催开它又把它折断
扭曲
在朝向悲哀的枝上

从此，它永远朝向那里——

我讨厌你。
你长久扮演着坏人的角色

但，今晚我把手伸给你
握着这么多年后
你一万里外手的温暖

是的。我仍愿意握着它，从我心里清除
那我久欲清除的
残存的淤泥……
这不再是爱人的手
亲人的手

啊，但愿相爱的手松开时
不变成持刀的手
不变成发射带火的箭矢的手
也不变成那结霜的手

在暴雨中（外一首）

◎马力

暴雨整夜未停。不要孤独地
对抗它，不要屈服于它密集杂乱的描述

要继续置身于外
确保每一枝条上的外延、内涵和弹性
都不至于嘀嗒着失眠
人到中年，各有忧患，衰竭是自然的
衰竭也是普遍真理，暴雨在衰竭中拍着电报
一定会嘀嗒着被屋檐签收
其中肯定有绝望，有对从前的否定

后来暴雨停了，它从每一低洼里传递出来的
蛙鸣与寂静，它在日常生活里
不断蒸发的两败俱伤，我都领受了

野草之诗

一切往生的，必将暂停于羊角芹上，野草莓上
自带锯齿状的忏悔
当我们再见时
云彩已是初秋傍晚的舍利，啤酒杯里滚动的琥珀

我时刻都在拆散自己：地胆草，倒提壶，葱莲
或者雨滴形的，炊烟般的，格式化的
有时也把自己聚集起来，露宿于五蕴之中

因果之辨始终困惑着我
这一生盘根错节，又各有枝头

两个抱膝而坐的人（外一首）

◎若水

从语言到语言，从街到街
从南方的树
到北方的树，那些雨
那些小店铺

是不是呢？每一张脸都配得上一张
最白的电影银幕
即使那毫不起眼的，即使那最普通的

虫蛹悬在树上，靠一根丝
谁看见过这宁静，谁便见识过动荡

两个相对抱膝而坐的人
就这样看着对方脸上一帧一帧
流过的下午画面
度过了难忘的一天

在某某寺

人在人那里受了伤
反向泥塑的，铜铸的，石刻的佛像

献出了双膝

落叶覆盖啊,落叶覆盖
又被扫去

昨夜数完了香火钱的僧人
又在山下买回了青笋

墨尔多神山(外一首)

◎单永珍

我获得了拯救,并且伤痕累累
并且深深知道:美是一场钻心的疾病……

就让我一寸一寸爱着你,在墨尔多神山怀里
写下颂辞、光明、体温、抒情的月光
带着霹雳、羊圈、酒缸以及颤抖的罪恶
在草药遍地的路上,用低分贝念诵
幼稚的情书

这瘟疫般的相会携带错误的标题
我坚信,你已经睡醒,在夏季牧场的石头上
煮茶,晾晒糌粑,把废弃的光阴
串在牛皮绳上。并且伸出双唇
拍打我舌尖上的疲劳,并且

在我的身体里抽取舍利,哪怕是
一颗穷人女儿胸前的佛珠,带着
曲线和简单的美丽

我被一场白日梦勒醒,目击到的是
一朵修辞的蘑菇渐渐变黑
而你含露的嘴里,喃喃自语
"你欠我一座肋骨修的灵塔"

半个月亮

半个月亮爬上来,半个丢失信仰的灵魂
它黑暗的乳房里传来胎儿痛哭

这是城乡结合部的月亮,如果它的洼地里长满谷子
无疑是错误雨水背叛了村庄

半个月亮照着西海固,半本残缺课本
晴朗的朗诵之后,内心扭曲的阴阳画着鬼符

我走在背阴小路上,怀揣爱情、自由
奔向光明的柴屋,尽管带着露水和霜

这个神圣暗夜,半个月亮疾病缠身
只有时光,会治疗我经年的忧伤

半个月亮爬上来,爬上我中年的肩膀

我两手空空，一无所有

遥　控

◎闻小泾

屋子里没有声音。只有女主播的声音
在空旷中
絮絮叨叨地回响，仿佛我的屋内人。
她不认识我，我认识她。她的下巴有一个小痣
让我想起另一个下巴有痣的伟人。
她笑起来很甜。在一天的某一个时刻
她占领了我的屋子，我的屋子
充满了她的声音。当然，这只是一种
恍惚的感觉。其实，她远在
三千公里以外，以我看不见的方式
对我实施了遥控。

星子（外一首）

◎李洁夫

如何读懂星子
读懂星子般眨动的眼睛

诡秘的，清澈如水

如何能轻易说出一个词语
轻得，在心上飘
像季节的咳嗽

如何读懂夜空，读懂静谧读懂温暖和幸福

如何说出爱
是内心希望和柔软的延续

如何说出路
被夜色吞没，我们丢失了世界和自己
丢失了语言和空气

如何读懂沉默读懂
星子躲在云层后面
轻声的呢喃和低语

飞　鸟

太阳落到山下，它就到世界的另一个地方去了。
如果太阳是我，它是不是也会想到，有一天，
我也会到世界的另一个地方去。我现在所做的一切
都是为百年之后的长途旅行做准备

在衡水湖泛舟,我们都是寻找翅膀的飞鸟
我相信一定是上帝摘下我的翅膀,将我降入人间
为此,我默默积蓄几十年的力量学习生存和奔跑

此刻,空气氤氲,我和跃出水面的鱼有着一样的幸福和秘密
我相信我遗留在前世的语言正被飞鸟带来
在不经意间,它悄悄掠过湖面,又将我今生的信息带走

草蝉(外一首)

◎向武华

在甘蔗锋利的叶柄上
一只死了的草蝉已经变干
夏天消逝,盛会结束
原野成了空荡荡的大剧场
声嘶力竭的歌声再也没有回响
并没有遗憾
一个细小的身躯
曾经那么激越
那么连续不断地歌唱
饮露而生并不算什么
长久的黑暗经历
才是音乐的源泉
我曾经怀疑这是痛苦的嚎叫
当我看到另一只草蝉悄悄飞过来

明白啦,悦耳的歌声中一定包含着爱
那么短暂,不足一个月
并没有遗憾,够啦
变干的草蝉不是一只
是两只,心满意足的结局

山窗萤

细祖父是在一个夏天去世的
送讯的人从稻田边走过时
细小得像一只蚱蜢,蹦蹦跳跳
为什么他看起来有点快乐
这让我有点耿耿于怀,那个夏天
对于我来说特别空荡,空气中飞着
很多看不见的生物,嗡嗡作响
什么是死亡?它是黑色的,还是白色的
一个人死啦,他会回来吗
抬棺的人在大口吃肉
吵吵嚷嚷,酒水洒得到处都是
村里好像从来没有这么热闹过
夜晚也从来没有点这么多灯
直到深夜,人群散尽
一只萤火虫从窗外飞进来
绕着条台、匾额、照壁前前后后
飞飞停停,有时就在我面前一闪一闪的
三五圈下来,它又从窗口飞出去了
消失在山色一样的茫茫夜幕中

多年以后

◎川美

多年以后，或有一个晴好的日子
我走在你的城市街道上
绕过梦里的胡同口
想着你，在雨中融化的背影
淋湿的脸和洇开的声音
走过近处落寞的邮局
想着从前那个热烈的人
正将烫手的信件投进邮筒
——那个冒烟的人，烧成灰烬的人
微凉的风里有花朵着霜的苦味
走进咖啡馆，坐在并肩坐过的条凳上
看着右手，想它敲门的样子
指关节叩响门扉的声音
和些微的疼
想着门内的回应，或不回应
想着从前的你、从前的我
行至何处，或相忘江湖
羞于以赝品面对赝品
假装失联的人，没有音讯最好
没有音讯。看落叶，美如明信片

山中来信

◎ 离开

有大雾在清晨的林中弥漫
有一封信,你一直没有寄出
镇上的绿皮邮筒,空荡荡
孩童把折好的纸飞机
塞了进去。你把旧年的雨夜塞了进去
这么多年已过去,一晃就到中年
高高的松树结满了松果
有一只松鼠,捕鼠器钳住了它的腿
在昨夜。它的眼神多么无助
发出声响的是小瀑布
就快要断流了。你摘回的栌花
枝上的小红果已枯干
你在山中捡拾栗子
去山顶的那条小路陡峭难攀

清明感怀

◎ 向晚

在这样一条越走越冷的路上,行人稀少

头顶是颤抖的树叶
脚下是一些
反射着一座城市心事重重的光
而你走在其中,犹如一头
寻亲的鲸鱼——
佝偻着背,越走越矮
感到数十万滴水珠在历经童年
唯独你的影子
在此处遇上年迈。此时
已近凌晨一点
所有的光
尽已熄成睫毛上的水珠:
水珠正打在这疲惫的海一般的城市上

与大象小坐片刻(外一首)

◎李不嫁

当声带日渐萎缩
科莫多巨蜥,索性变成哑巴
被激怒时,仅听到它发出嘶嘶的叫喊

当创作的空间变得窄小
在泰南,铁链锁住的大象
用鼻子握笔,在一张白纸上画出自己的模样

我有言论的自由,但须匍匐爬行
我有东南亚多雨地带
显著的眉骨。我有剧痛不可描述,但须与大象小坐片刻

割胶的时间

不能等到太阳出来
见了光,橡胶树会如梦初醒
割开的地方很快结痂
要割,就须在黑夜里进行
年幼的树朝气蓬勃
像十五六岁的少年,精满则溢
但求将体液畅快一泄
要割,就先选它们练手,重活放到最后
那些老树反应迟钝,皮肤粗糙
流胶的速度也慢多了
但它们已被训练成动物
像活熊取胆,见到刀,会主动挺起受伤的腰

你的眼中有一条河流

◎田晓隐

你的眼中有一条河流
河流两岸是森林,深处有古刹

草甸上坐着一个孩子

河流上漂浮着秋天的落花
也漂浮着木炭,捣衣人遗落的头巾
河面上弥漫着上游飘下来的歌谣

你的眼中有一条河流
在河流的转弯处,蕴含着你的一滴泪
你的泪珠里面
有一个孩子孤独地转动着风车

以上选自"卓尔诗歌书店"

旧江桥之忆（外一首）

◎马永波

这座曾经跑火车的大铁桥
连接起松花江两岸
八十年代的情侣们
常常要来回走完全程
有漆黑的火车呼啸而过时
就转身躲进临江一面突出的阳台里
也许就在那一刻，把对方拥进怀抱

夏天我们曾经走到对岸
铁轨两边的路灯下有密集的蚊虫翻飞
仿佛灯光散发出的一大团光雾
你的黑色软帽遮住面孔
江堤上的一排路灯则向水中抛出钓线
那些蚊虫让我们吃惊
它们撞击在钢铁上发出愤怒的叮当声
我们迅速撤离，返回南岸

桥的枕木上铺设了透明的玻璃
桥中央有人垂钓，几乎看不清红色浮标
桥墩周围青色的水流急促旋转
我们靠着铁栏杆看北边平行的新桥
有白色动车驶过，车窗中的人面一闪而过

我感觉你的肩头微微颤动
仿佛我们就在那列车上
看着对面老江桥上一对连体的幽灵

做家务的女人

一个做家务的女人是房间里
最有活力的部分,她贡献的
不仅仅是劳动,而是一份祝福
从她的忙碌中散发出女性
天然的宁静,平衡着一整块大陆
她敲敲打打,又编又织
她把语言像花边镶嵌在
逐渐成型的图案周围,像藤蔓
围绕一座花园,她返回自己的深处
端出一座热气腾腾的火山
哪怕最为粗糙的食物,也像金砂
在盘子里闪耀,她是家庭的核心
是孩子们回到家首先寻找的名字
她就是食物、温暖和安全本身
无论多么寒酸简陋的居所
只要还有一个女人在其中忙碌
就比一个空荡而辉煌的宫殿
更受神明的眷顾,只要还有一个女人
有耐心做做家务,哪怕是擦灰
浇花、缝补裂缝,洗一件旧衣服
似乎苦难就会被挡在门外

当她把洗好的彩色床单一条条
晾在院子里的铁丝上,像一面面旗帜
然后用双手撑着直起酸痛的腰
望向春风吹来的北方的大路

便条集（节选）

◎于坚

677

黑夜混淆世界
那棵银杏树不再像银杏树了
日落前我比喻它是一群蝴蝶
为投奔黄金而自我牺牲
现在我得另寻思路
艺术超越者　毕加索的大提琴
蝙蝠垒起的断崖
垂死的天空挖掘机

678

平躺　宇宙今夜培训睡眠
双腿要放松　翻身向左
翻身向右　两只手搁在星星一侧
不要想任何事　政治　银行或者

她们的胸脯　教育部的夜晚
无人罢课　我们彼此鼓励
睁着眼睛　在黑暗里模仿
不安的死者

684

暴雨之后的夏天
植物越过水泥国界疯狂生长
直角软化　门框变形成椭圆
玻璃窗子开裂　有些眼球被挤出来
生命军团从表面向死亡深处推进
牵牛花小分队率先得手
铁栅栏已经挂满了她们的金耳环

歌声（外一首）

◎冯娜

被制成琴凳的树明白这歌声
它在地面
松香擦拭过的弓尾
明白这其中的谬音
那命运的惊动
一个琴师教给旋律的
惧色与自持

我听见这歌声
粗石子硌着广场
女人问她的过客:
喜欢什么颜色的花卉
那不能毁灭她的深渊与海流
豹群与石楠
那命运的惊动
那被我坐着的、听见歌声的树

心　跳

没有霾的早上，阳光清亮
所有向阳的房子心跳似乎都是一样
很快，就会听见鸦雀的叫唤
很快，胸膛里的另一种节律就要醒来
很快，就要读到奥登的诗句
"让我成为爱得更多的一个"

他肯定梦见并领受过这样的早上
他肯定爱着
穿过黑暗的河流听见并不熟悉的钟声
遥远悠长
那声音，和所有爱过的人心跳都一样

怎样营造一座庭院（外一首）

◎舒丹丹

巴掌大的房子也需要指甲大的庭院
再局促的生活也需要呼吸
需要一片沙砾当作大海
几堆石头当作山峦
需要青苔缝里有阳光跳跃
半星灯火点亮夜来幽微
需要一条小径，只容一人独立
看红茶花，白茶花，满地落花
一只懒猫卧在竹篱下
需要池水脉脉不得语，听得见
蜻蜓翅膀相撞的声音
需要掂量一块石头，问问它
想要与谁为伴，呆在哪里？
——然后环顾四周，将它放在
一个非它莫属的位置

卡萨布兰卡

没有去过的地方很多
卡萨布兰卡是令人心醉的一个

世上那么多城镇
城镇那么多酒馆——我只想走进你的

香槟还在冒泡,灯火还在幽深的眼神里流淌
夜晚在卡萨布兰卡蒸发出某种味道

是世界的炮声,还是我的心跳?
只有卡萨布兰卡才敢说出这样的情话

年轻时不会知道,玫瑰总是与伤口相伴
一生光阴也可以为某一天而活

在阴影中种植诗行犹如栽培虚空的玫瑰
有谁相信,梦境中造访的人,终生再未相见

——没有去过的地方很多
卡萨布兰卡是令人心碎的一个

在哈尔施塔特遇见葬礼（外一首）

◎谭夏阳

小镇居民很少
但每个人,都受惠于上帝的
眷顾:雪山、湖谷、世界上
最美的湖光山色

依山而建倒映水中的房子——
他们住在天堂里？
自然，他们修筑了教堂
用于每天感恩
用于其中某一位离开的时候
带着尊严和满足
去接近上帝。
站在路边，注目一场葬礼
我的内心
泛起一派安详——
它与我眼前的落日和暮晚
构成了某种和谐。

卡夫卡故居

这是流落民间的卡夫卡
这是橱窗里的卡夫卡
这是明信片上的卡夫卡
这是众人流连膜拜的卡夫卡
卡夫卡已经离开，留下
一堆卡夫卡纪念品
卡夫卡没有离开
蛰伏在房子的每个角落。
以一只蟑螂
一只甲虫，甚至
以书桌旁的一枝植物，卡夫卡
存在于这个世界——

这比文字的虚妄,现实的
苦闷和反讽
当然要卡夫卡得多。

街　日

◎陈会玲

赶集的日子,我总是去找你
在街角,或者某个水果摊前
我畏畏缩缩,只喊一声外婆
这意味着一根香蕉,一块西瓜
或者是几毛零钱
我把这视为乐趣,其实是索取
你在做饭,我在浓烟里烧火
我是那个容易愤懑的孩子,喋喋不休
而你知道我有一个饥饿的胃
你让我吃完鸡蛋,再喝黄酒
你让我在灶头边,矜持地完成我的童年
门前的树在长高,变得茂盛
路过的我先是找树,再找树下的你
等我回来,树被砍伐,你也已离开
仿佛尘世没有什么值得留下,多么轻松
就像你最后忘记了我们,反复被追问
被提醒,也只拥有鱼的记忆
一生的悲欣就是一口池塘,淤泥堆积

而遗忘让你成为空白的人
让你通体透亮，在熟悉的院子
看着丧礼后的我们，大口吃起了肉

果　子

◎刘振周

我能摘取它——小的，深紫果子
在墨绿枝叶间，似乎为了隐藏自我。
那么安稳，果皮富含油脂，光洁，弹性
再好的年华也不过如此，我却快要
步入焦虑的中年，还未完成的事情
凝结成冰的负重；我能够拥有的——
大的，球的，如天空掉下的椰子
汁液饱满，坚固，且不可摧毁
亦如意志，自然，从来不为人的玩弄
形同时间，我怎么能把握时间？
但我适应时间的降临和绝望；
我也能欣赏——竹蔗奇异的手臂，紫黑，
粗壮，深入泥土的吸吮
几乎颠覆我对果实的认识，是的，
感性与理性总会让人纠结，
总会被事实打击，让人疲倦，尴尬不已；
我的饮食史与常常浮现餐桌的植被
只会存在想象力的罐子发酵，反刍，

我渴望美,自然;也喜欢山上的果子。

归途——致东荡子

◎陈世迪

我试图触及那匹归途的马,在它的眼睛
看到尚未沉寂的大海,它是黑白的暝色,
缓缓接近我浪荡的天性:从人间路过的
诗人,歌赞多少岩礁和沙砾,我从孤崖

寻找勾勒天空的声音——一匹马善良过
多少海浪,它眼里的光积聚乌亮的轰鸣。
我战栗,自然接纳一个寂寥的词:纯粹。
那横穿幻象的夜色,竟是我消逝的道路。

我屈服于天真之歌,用它仰对空旷的心。
我唱得更亮:今夜我愿奔腾得像少年人。

只有平静带来喜悦

◎陈计会

所有的爱都似曾相识,它带来

春天的草叶和眺望
以及树技上高高的荣耀
那里留下霜雪的痕迹
就像强盗爱上少女，落日
爱上马匹，你猛抽一鞭
落日却是如此的平静
那些蹄声只在心灵里回响
经过那么漫长的旅途，你知道
只有平静带来喜悦

立 春

◎项劲

寒冷将尽未尽之时
我曾将愿望轻轻安了一下心

东风一破土
万物都站了起来

最先开门的草芽
向我解释了所有的花朵
她们的力量藏于何处？

春风一语既出
无论背负着什么潜行

有些理想,总会浮出水面

女儿说,开始这个词
比较容易造句
接下来,什么都该顺理成章

紫色的山茶花

◎嘉励

初冬的暮晚
看到紫色的山茶花
竟然流泪了

景致最美处
尤其觉得
少了你　　　　　　　　　　　　以上选自"诗国星空"

他们（外一首）

◎华姿

他们在这片田野上
走来走去
走了一生，最后
都走进了土里

在这个喧嚣的人世间
"有的为尘为土
有的镀金歌颂"
但他们说，这并不是真的

凋　落

最后一片叶子落在地上
这棵树，在日落之前
成了一棵枯树

为了把叶子送至高处
这棵树，曾竭力向上
直至夏日结束
像一个写作者

为了把虚构的人写进历史
埋着头，耗尽一生

此时，我正从昼步入夜
我母亲正从生步入死
一滴痛苦，真的只有一滴
从她眼眸闪过，并消失
像一滴雨，还没落下，就被吹走

她曾经徒劳
我依旧徒劳

可我，还是要在这里
陪她度过这最后的冬夜
并在日出之前，写下她的名

这是我必须去爱的夜晚
这是我终会离开的人间

顿悟（外一首）

◎余笑忠

两只喜鹊在草地上觅食
当我路过那里时它们默默飞走了
无论我多么轻手轻脚，都不会有

自设的善意的舞台

退回到远观它们的那一刻
那时我想过：当它们不啼叫时
仿佛不再是喜鹊
只是羽毛凌乱的饿鸟

从什么时候开始，我已认定
喜鹊就应该有喜鹊的样子呢
从什么时候开始，我已假定
如果巫师被蛇咬了，就不再是巫师呢

这些疑问
随两只喜鹊顿悟般的振翅飞起
而释然了。有朝一日
我可能是不复鸣叫的
某只秋虫，刚填进它们的腹中

白纸与骨头

将一张纸对折，对折，再对折
如此重复……直到它
放弃了面貌而获得了体积
放弃了书写的可能而获得了厚度
再往那里钉上
一颗钉子，以确认
它出人意料的承受力

对于火舌来说，它的承受力
几乎为零

我到了需要滋补的年龄
骨头日渐被侵蚀
畏寒，尿频
我本可以是天真而沉静的人
但天真有如假发，那里冒出了虱子
而沉静有如盲童，是置身于欢呼之外的
一个疑问……但也有可能
是落在闪电之后的——
一阵雷鸣

瘦弱的春天（外一首）

◎邓方

我说我看见
春天瘦弱的背影
桃花开了
我们就是桃花好吧

寒冷一点一点
爬上来
像所有活过的事物

绿色的根系和藤蔓

我说我想所有
死去的亲人
我们来开个会

鱼

鱼转身的时候
很轻很美
一个轻微的调转
头也不回

我站在水岸看
看了一个下午
风很灵敏
一只蚂蚁都没有来过

一转一转
时间就过去了
时间过去得很轻

露水（外一首）

◎ 谈骁

有一天我起了个大早，
想找个地方看看露水，
去阳台找，牵牛和月季上没有，
去小区绿化带找，
黄杨和桂花树上自然也不会有，
露水总在低处，不沾上你的衣袖，
只是悄悄打湿你的裤脚。
出小区，到农科所试验地，
一块地种棉花，棉桃成熟了，
棉花上沾着增加重量的露水；
一块地种萝卜菜，刚发芽，
叶片上挂着随时会落下的露水。
这是我要找的露水，
找到了露水我也不知道要做什么，
它们很快就消失了，
我看着它们渐渐消失，
就像是我慢慢把它们遗忘。

浇水的人

吊竹梅一周浇一次水，

必要的干燥,让它不至于长得太快。

榕树三天浇一次,还有绿萝、芦荟,
榕树和绿萝多根,芦荟多汁,都能储存水分。

一天浇一次的是牵牛花,不用浇太多,
只要不枯死,它就会一直活着。

植物的习性我知道得太少了,
除了浇水,我不知道还能做点什么。

提起水壶,我是一个贫乏的主宰者,
放下水壶,我也枯竭如植物,渴望从天而降的甘霖。

我以为洪湖会永远为我歌唱(外一首)

◎黄沙子

灾难尚未降临到每一个人的头顶
因此欢乐在悲伤的人群中
犹自玩着捉迷藏的游戏
饥饿尚未击垮一个人的全部
因此他安静地坐在厨房里
等着有人给他端来食物
如同理想总是在即将实现时化为乌有
道路总是在快要到达山顶时

拐弯去了另外一片树林
他永远也不会想到有一天
大水会将湖泊冲散,那本是
它赖以集聚因而被命名的容器
他也不曾想到这么多年
对活着的总结正日趋完美
死亡却已开始争夺生命的享有权
像买糖果的孩子突然发现
丢失了硬币一样
他以为洪湖会永远为他歌唱

最好的生活正在向我靠近

有一个地方叫最好的地方
有一位牧牛人曾来过这里
青草和露珠让他感到安心
飞鸟和夜晚总是交叉出现从不延迟
他期望一直拥有这一切
这棕色的水一样的一切静谧
而他放牧的牛在一天天老去
全部青草和露珠、飞鸟和夜晚中
只有他依旧是一个孩子
还有一个地方叫最好的河
是一条断流很久接近废弃的河
所有能够证明的只是河床上
一艘不再用于航行的船只
那是候鸟和蜘蛛的家园

过路者也可以在上面暂居
一个运气不佳的人被暴风雪困在那里
他除了睡觉就只能沉思
我感觉最好的生活正在向我靠近

冬天的准确性（外一首）

◎杨章池

冬天的准确度，一直高于
柚子和麻雀：
它们满树喧腾，绚如夏天。
冬天降落，会在所有树木中选中这棵柿树
留守的那只柿子，不是最大而是
最穷的。
冬天发声，会在穿过所有街巷的冷风中选择这个人
在角落里哭成一团的他是最痛的
也是最黑暗的

喊　妈

一个八十岁还喊妈的人
一定是熬不下去了，要回到
那个虚空怀中
把近三万天的灰尘

塞进重新年轻的子宫
"妈呀,我该
怎么办?"
他交出选择,老眼中
万物茂盛
都变成生他养他的母亲。

耳朵(外一首)

◎夜鱼

支楞在树上的木耳,纤柔娇嫩
太阳稍大点,就干巴了
长了耳朵的树林
在食堂后面的山坡
很少有人经过
我天天去
盼着雨,盼着雨水中的舒展
透明又薄脆,像耳朵,聆听着我
那年春天浓密的雨水
都是被我盼来的吧

搬家那会儿,我梦见
任凭雨水浇注,任凭我大声唱歌
耳朵们还是枯了

心有戚戚

雨声淹没了一个女子的悲哀
并清洗了泥痕血渍
她干净，完好无缺
微侧着仰躺在一丛压弯了的夹竹桃上
像是睡错了地方的奥菲莉亚

我住在她对面的七楼，隔着
十几米的距离看过去
她位于六楼的房间只是略低一点点

我比她略小一点点
所以懂她挽着男生走出楼栋时
偷偷摸摸又兴奋不已的样子

昨晚她的房间亮过灯
我记得很清楚，披散着头发的她
穿着碎花绵绸睡衣晃来晃去
没发现任何反常和不适
当时天只是阴着，雨
一定也是在我睡着后落下的

烧竹（外一首）

◎胡晓光

我的家乡幕阜山
漫山都是南竹
竹林中有大量枯死的南竹
被乡人捡作柴火
竹子是很好的柴火啊
好燃
耐燃
且有竹香
有时烧起来像鞭炮炸响
一截竹子燃尽了
这截竹子还是完整的
仍可清晰地看见那些竹节

长　大

有一种虾
它们很精明
它们知道躲到珊瑚叶的缝隙里面去生长
那里营养丰富
天敌又进不去
它们就在那些叶片的缝隙里快乐地成长了

它们长得很快
不多时日它们就长大了
吃饱了,壮实了
它们想游出去转一转
可问题来了:
它们是很小的时候进来的
它们已经出不去了
它们现在
长大了
它们大到　出不去了

推　手

◎陈恳

打开窗,让冷风吹进来
它与屋内的暖气交锋
它占上风或下风
取决于窗子的开放度
有时它们在我脸上形成冷雨
造成忏悔的假象
而现实早将我锤炼成
一截木头
——我曾因阉割而反抗
也曾因自我阉割而不安
现在我是无所适从的风

不愿呆在屋里
也不愿站在室外
我的手
变成开关窗户的推手

洗　脸

◎晶果星

每天都要把脸洗干净
面对镜子
你最在意的是什么
鼻上的黑头
脸颊的斑
眼袋和黑眼圈
面对绝境故作坚定的眼神
倔强的嘴唇
还是无染尘埃的灵魂

以上选自"撞身取暖"

缝隙（外一首）

◎唐果

我在我的身上摸到了很多条缝隙
我不知道它们是什么时候出现的
因此，我无法为它们命名

跟非洲大峡谷，无法相较
至多是，我在德钦的山里
行走时，那些雪水缓缓流淌的壕沟

我期望有人在它们的边缘行走
就像我行走在雪水流淌的沟边
我想赠你一条缝隙

但不知挑哪一条给你
我把它们摆在地上
就像地摊货主出售她廉价的衣物

假如不幸，你挑到一条干涸的
我希望在你行走之前
壕沟里有泉水注入

我希望你有歌唱的泉水陪伴
就像白马雪山的积雪融化

流入小壕沟,陪伴孤独行走的我

花楸树凳

园子里的花
一夜没睡
太阳刚露个头
它们便张大
殷红的小嘴
等你来浇

墙角有一只旧椅子
想浇浇它吗
不用,真不用
在成为凳子之前
它是一棵花楸树
开的花也很美
那时的它
跟园子里的花一样
渴望雨露,渴望水
变成凳子之后
它就开始厌恶水

《短寸集》：轻蔑（外一首）

◎野苏子

是的。到现在，
我还不曾真正经验过爱、静心，和祈祷。
我被生下来，继而，
又在一条赴死的道路上，独行。
如果，到死，
我还不曾学会爱，静心和祈祷。
那，请蔑视我吧，
持续你的轻蔑，直到，
有一天，我从楼梯上下来。

《短寸集》：无题

从不赞美。也不祈祷。

她写诗，只是一个妻子、母亲和女儿，
在一天的某个时刻，
不得不，
单独地，向自己低语。

像一个盲人，又像个聋子那样。

一切重新开始

◎湖北青蛙

又将是春天了,一切重新开始
太阳送我们到城市深处,也到城市边缘
辛夷和李树,还在那儿生长
熟识的人们还在那儿安居,到处
都充满了怜惜与不舍
——空气似乎也会描绘某种行动的讯息
所有人都在一起,在雨雪后
在水雾中。
没有谁离开,离开的业已回来。没有谁
饥寒交迫。没有谁,孤独死去。
所有死去的人
都已经死去,所有活着的人
都将得到奖赏,哪怕脸庞布满沟壑
早已不再年轻。
——这世界多么美好,此时正属于我们。
晾在晾衣绳上的衣服看来
多么喜悦,我们的一生
等到清洁和畅的时刻。
就连最阴郁的头脑,也正常起来
最乌黑的梅枝
也迎来梅花,与喜鹊。
我们将再次赢得大把大把的好时光

没有谁能撕毁这不需要汗水
血泪承诺的，神圣的、伟大的契约。

穷乡记（外一首）

◎窦凤晓

她离开后，
一片白云跟定了她。

是无形的，痛
是错的，天这么蓝。

你说：过过隐士生活
不好么。我们摹写山水，后人摹写我们

不要准确，要曲折。
不要四通八达，要闭塞。

不要求证，要
不择手段的获得。

草树泉林与典雅的口音
互相磨折成烟云。千余年来

在此，互为你我，而非

想象中的他人

寂　静

门外，蝴蝶和蜜蜂前来
探访百日红的甜、艾草的苦

和紫荆花的淡香。
渐渐樱花堕了一地。

黄昏，灰喜鹊在矮灌木丛里做窝。
十只蜂箱抬着管风琴。

鱼群从午夜路面游出，喳喋行人脚趾。
想象的浓荫披满路面，掩饰惊喜摊位。

紫红的桑葚覆盖着小径。
厕所因对小园，获得安宁幽深。

矮而瘦的邻居拧开永生的水龙头。
太阳的蓝光下，优越的末日展开行程。

金色的早晨（外一首）

◎孙小娟

鹭鸶替我看着那头牛。骑在牛背上
或翻飞下来，跟在牛身后
纳闷它为何不吃现成的稻秆
而选择田梗上的青草。

鹭鸶思索着，活泼地跳跃
黄色的趾轻抚湿润的大地
脖颈颀长，扭动着，反复书写"S"。
我悄悄抄过去。我要感谢它

替我放牛，替我练习姓名的首字母S。
每天下午放学后，我必须做这些。
多年后，我们疲惫不堪，重回山野
共同感受这久违的晨风与露。

可它噗嗤一下飞走了。翅膀扇出大波浪
带动时光长河中洁净的微澜。
它停在前面不远处，更深的草丛中
探出脑袋看我。它大概认出了我。

我们之间有什么东西差点儿坍塌
又重新建立。我想，它不会离开我了。

这南方的绿,这明媚,这值得信赖的温暖
它同样爱着,这秋天金色的早晨。

启 示

无数透明的雨点,企图贴合、攀附
最终化作流星,从窗玻璃
一片苍茫的银河,坠落。
绝望地滑向低处。
炼狱。无数挣扎的蟹脚。
那些线性轨迹从南方的低空
一路划过来:掠过群山
我的窗玻璃因持续被敲击而晃动。直到
耳边传来连接地气的喘息,流水
带着幽远诡异的旋律。
我调整坐姿,重新匍匐于书本。
该落的东西总要落下来。
好比斜阳、亲吻、青春激越的嗓音。
只有爬藤蓬勃着,在最低处
黑暗中,尽情啜饮。

兰花（外一首）

◎西衔口

深深的谷地，深深的
放弃。黑澄澄的叶子，
像人类的理解力，
没有谁知道痛苦的形状。
凛冽而内敛，
素白的花朵，几乎是无知。

打桩机

不是提醒，
打更人已经不存在了。

我见过钝重的雉雏在麦田里降落。
那破烂的叫声，其实就是

一块肉从树梢高的天空里掉了下来。
而它最终还是远远地避于渺茫。

但是，屋顶没有了，
你听不到那种"雨下在小的青瓦上面"的声音了。

深夜的地面,一遍又一遍地震颤着,
仿佛一头畜生,拒绝出生。

十二月（外一首）

◎窗户

气温终于下降。人们必须
穿过薄雾
才能来到爱人身边

破碎的梦,需要沉默来修补
或者把自己
扔在荒芜的旅途中

这就像弹簧,使劲它才跳舞——
音乐经历低潮
才会迎来高潮的顶峰

十二月,就是这样的月份
在生命弧度的底部
等待一场雪轻轻覆盖下来

乡下的早晨

公鸡的叫鸣把我从梦中惊醒
父亲刚好起床
黑暗中我听见楼下的
脚步声,和门打开的声音
像小时候

听着身边熟睡的小之
的呼吸
我窝在温暖的被窝里。这一刻
我也是儿子
我赖在床上

不必像在城里那样
早早起床:烧开水,弄早餐,收拾房间
如此刻的父亲——
他就是将来的我。这个早晨,
也会是小之将来的早晨

阳河滩的女人

◎乌鸦丁

到了夏天,阳河滩的女人
就提着宽松的裙摆,在河滩上捡鸭蛋

被水洗过的卵石,都有光滑的一面
她们背向我,将脚丫没入水中

我站在岸上,望着逐渐缩小的影子
一群有着光鲜羽毛的精灵

慢慢离开视线,消失在芦苇丛中
多年之后,当我对着一片波光涟漪的江面

总觉得在深不见底的深处
有人为我,埋着几枚发光的想象

以上选自"送信的人走了"

无常是美好的（外一首）

◎海男

无常是美好的，它会时常让我们学会祈祷
当你开始祈祷之前，一定会穿上最干净的衣服
那些衣服不一定是新装，但一定要干净芬芳
除此外，当你开始祈祷之前，眼神一定要清澈专注
纵使你之前经历过了巨大的磨难和痛苦
在祈祷之后，也要学会逃离开脚下的荆棘和烈火的煎熬
因为无常，就像是风景以地域的错离呈现出了
风雨、雪花、梅花桃李的景致。无常，是美好的
所以，我们要学会去祈祷，学会拉开布景
穿上最干净的衣服，睁开最明亮的双眼祈祷
祈祷不是为了自己，而是为了你所爱的那一个个
从你生命中历现而出的名字，而是为了
从你生命中走过来与你拥抱而别离的那一幕幕的世界

曼德拉走了

许多花落下来了，覆盖住了桌面
早晨听新闻，曼德拉走了，南非的伟大传奇陨落而西去
渐渐升起在天边的雾幔中有祈祷声
我的手指拂开这显得格外忧伤的布景

我的心停顿在属于南非国度的辽阔热带和海岸线
许多花落下来了，一个又一个人走了
紫红色的东方花束紧接下来开始凋亡了
而我是多么爱你，你黑色的面孔，仁慈的双眼
为了南非而奋斗的漫长岁月
许多花落下来了，平凡而伟大的时间漫游者啊
你们此刻在哪一座磁场上飞渡时光彼岸
我窗外的天暗下来了，永远的曼德拉走了
因为爱，我看见了全世界的目光都噙泪目送曼德拉远去

在怀疑中努力（外一首）

◎孙磊

"在怀疑中努力。"我已做好衰弱的准备。
生活已被回响搅浑，没有着落。
回忆像浓烟一样呛人。置身其中
我感到已确立的仍需再次确立。

有些时候也需要暗恋一些事物，
在事物空洞的躯体里设下雨季。
此时，痉挛不止的地方定有风在悄悄凝聚，
他能将众人的沮丧一夜吹熄。

但我既不弃绝幸福，也不弃绝灾难，
我只慵倦地活着，写作并素食，

我只在碰到祸事的时候微微低首,
因为,亲爱者的凋零,只允许我哀哭一次。

那人是一团漆黑

敢于拦住一颗星辰,敢于贡献
那人质地清凉,那衣着震响了空气
那表情紧塞着一把稻草,那人是一团漆黑

那人的寓所在一根麻线上
那生活多么富于弹性

一只夜莺,敢于眺望,那黑暗永不能充满她
随着一阵热气,她识别着自己人世的躯体

从狭窄的过道到原野,从碎石阶
到大地的门廊,那喧哗来自黑莓和紫堇
那劫难是一团崩溅的泥浆

那人举足,敢于深入缺失的广场
那河流已经变迁,那选择和丢弃源自大海的波光

"时代过去了,那人还在倾注"
那人是一团漆黑,但
那钟摆还在她皮肤里晃荡

中年（外一首）

◎育邦

我知道
我与世界的媾和
玷污了我的日子以及从前的我
我有别于我自己
我从千里之外带回一片树叶
当我看到鸽子，就会流泪
在人与人构成的森林里
我总是采撷那些
色彩绚烂、光怪陆离的蘑菇
仅仅因为它们是有毒的
在菩萨众多的大庙里
我所点燃的每一炷香都那么孤单
忧郁而烦躁地明灭
我把剑挂在虚无的天空中
因为它已疲惫
我徒劳地搓一搓手
迎接日趋衰老的夕阳
它简朴得如一滴清水
凋零，流逝
却拥有寂静

你也许叫中国

你在窗口
我在时光的深处眺望

我们相遇
我们并不知晓

你的手微微出汗
我在写信

你漂浮在广袤的湖面上,死尸一般
你的笑容很中国
我转过头,隐身到密林处,向山上攀登

你摒弃余晖
暮色是我的家园

你湮灭了,你无处不在
摆脱重力成为我矢志不渝的游戏

如是我闻
你也许叫中国,或者不是

奈良（外一首）

◎施施然

被一个和尚爱近乎
在禁忌中长出的松柏
它青翠的身躯日见攀升
覆盖了东大寺偏殿的阴影
殿堂里，蜡炬迸溅出火
心情忽明忽暗
但他不说爱你
他长久地沉默
我们在空茫的大雪中饮酒
只有奈良禁得住这种心碎
只有窗外经过的梅花鹿看见那滴眼泪

冰雪中穿短裙的日本女孩

我远远看着她在雪地中
摔倒。蓝色的雨伞扔向一边
很快又站起来
你听不到她发出任何声音
事实上你也看不清她的面孔
她抻了抻深色校服的下摆
及膝的短裙下

双腿赤裸
她多么美。虽然皮肤,在冷风的挤压下
收紧,但你仍能感知
训诫和诱惑,在这里完美地抵达平衡
她将要去向哪里?还要走多久?
现在,她安静地拾起地上的伞
低着头匆匆走出我的视野

草原月色美

◎娜仁琪琪格

蒙古包里是美酒佳肴　是浓得化不开的情感　是歌声
一轮硕大的月亮站在包外　它的高度
让人产生错觉
肥美的月亮　把遥不可及的天涯带到眼前
它的笑　把天庭的光清澈地洒入每个人心房
今夜月色美　一块石头　一截木头
都在发光

站在月夜伸手想摘到月亮的人　伸手将月亮托举的人
举起相机按动快门　急于把月亮
及它所带来的光华　收入永恒的人
已被草原的月亮征服　迷醉　收入了它的香囊

时间之伤

◎王琪

马车去往天堂
鸟声和我却在春天相遇
那些苦楚,我必须侧面记下
用于驱走午后的雾水
沉浸成早年模糊的印记

我是如此不安
一直用风声倾听,借雨水倾诉
人世间,荒凉之词轻漫
经过空阔的傍晚
最终无情融进还乡河的落日里

还想和你悲伤地说点什么
看看这异乡的小镇
这轻薄的一生
一如花瓣自眼前翻飞、凋零

如果说你和此生还有某种约定
那定然是时间之伤,带来的一次疟疾

傲慢与偏见（外一首）

◎布非步

亲爱的伊丽莎白·班纳特
遇到你的达西先生，你必须要有
足够的智慧把他辨认
用积极的无意义
去对抗消极的有意义
总有一个有趣的灵魂对你说：
我已经收敛了所有的傲慢
是啊，一首乏味的十四行诗
会毁了它
亲爱的伊丽莎白·班纳特
爱情降临过的地方
查茨沃斯庄园的植物都要
比往年更加葱翠
看，山毛榉树在晚风中
也完全忠于自由的意志……

给图雅：静静的拉萨河

然而流水从未流过我们心上的暮色
今夜，在河滩青草生长得过多之前
六月的阴影是等待放牧的羊群

从念青唐古拉山脉奔涌而下
水是前世燃烧着的，火焰
电光火石在夕阳里面聚集
打开拉萨河谷
忧伤是一座金桥
岸边汲水的少女
一个个取出内心里的光
她们很快就要成为高原的母亲
炊烟之约在拉萨河里，荡漾。一点点放大
农业社会的秩序，在这里
我找回你最初的美貌，
如同找回在波浪的最深处，
科尔沁玫瑰神秘的印迹。

一场绝望的新生（外一首）

◎田凌云

当现实的眼泪哭干，她的骨头已变了
三种形状，为了安慰她的青春，它们
从方形变成菱形，继而又变为椭圆
它们的粉末
从黄土地，变成半水泥，又变为水泥
让她尝试不同的温床，重重摔去——
她的脑后有一百个窟窿，都可以漏风
并被冠以苦难的名字，为了征服一千种绝望

她用一千天，去尝试爱上一千种不同的钉子板
用不同的机器，制造一样好看的血花
她渴望在心里豢养不同的灯，照耀那头
嗜血的魔犬，即使它已经修炼成人
来克扣她每日的工资。她每日都在新生
的路上，途中躺满尸体
还有不同的人发出，赞叹和唏嘘——

错把依赖当永生

我没有错，在你怀里的那刻
我活了过来，即使我还没有走出太平间
但我活了过来

我看到阳光拨开我脸上的乱发，它察觉到我凌乱的精致
它不介意我的走丢。不断用锋利的小石子砸向我
和我荒凉的内心一起给我庆祝，举起"好像有"的杯子

失而复得多年，我需要重新适应我的身体
包括那些想想就颤抖的记忆，在天使未到来之前
请让我先尽情地成为命运的暴徒，最后一次
做自己，一个耳聋之人

以上选自"诗魔方"

乳　名

◎道辉

有些蒙在那里的时间，未被过问
潮湿的名，你的眼睛，白搭在那里
那——可是只适应探望的家
星光绕开它，来凿击，你的胃和脾

在你的乳名被唤起的原处，读不上
亲切，是真是假
你的真名，遗失了——直到你生出另一个人的姓氏
肉体被光睡过，灰尘摸过
被轴轮摸得比轴轮更亮

暗绿的双重挂，转呀转
你说话，说你的名，说好多私情恩怨
太阳也蹿进来，像一头牲口的恶意
绕开它去内屋搬陈芝麻烂谷子

潮湿的永恒之久
用深邃的时间打捞你海洋的姓氏
说话说你的名，你的命，直到你说话的眼睛翻白

凿击的家，绕开世界一百周，你的时间和私情
你说话，说被恩怨摸过的乳名，摸得门板哐当作响

时日的审判词

◎阳子

在血液里开荒
种植虚幻的身躯
光旋转成圆栅栏
它悬在高处落下曙色的刀刃

握刀刃的手也是救赎的手
低低地在吆喝：
去沼泽地居住
去云层上飞翔
去足下的那片净土挖掘
直到热泉如歌
汨汨冒出演戏的人群
呼吸
呼出，吸进
再一片一片剥去疼痛

而时日的审判词
还在来路上长跪不起

光的遗腹子们
都挤在空旷处缴械忏悔

它们处处为家
也一个个长跪不起
一堆又一堆的白灰
埋进了黑暗里

蔷薇（外一首）

◎何如

蔷薇着火了，枝条艳丽
枝条长出九月的大海

怀孕的十月，皮肤潮红
隐形的雷雨路过人间

蔷薇回到镜中，弱水三千
十一月仿佛汲尽

十二月已经发冷。事件经过
蔷薇亲吻了石头的脸

冬眠期

现在是冬眠期。我的爆炸或冷却
都与他无关。进入月亮的内核

枝桠生长成瞬间的意志

越是冬眠,就越容易捕捉
生命的汹涌和冰冻之痛
藏于风暴,藏于半身之处

他欲言又止,只剩一山一水
是我的冬眠期,隔开了面壁人的伤
让他的心脏远于千里之外

祈祷词（外一首）

◎樊子

穿过矮桉树与一片荒芜之地,我是蜿蜒的河流,十分地疲惫
天空中的鹰收拢了翅膀,像偌大的铅块,有随时坠落的可能
就在我变老,变得迟缓,有一大群人在消失,他们
于昨天的夜晚就开始消失了脸庞、肩胛和膝盖
他们,不愿意带着我继续行走
我现停顿在黎明,知道如何去博得良好的声誉了
"赞美已经没有苦难的人们"
我剔除了汉语中的阴影部分
所有消失的人都能够再干干净净地转回身子来。

呼　喊

在明媚的春风里,实际上,我遇到了糟糕的山路和死亡的燕子
它们肯定也会被你遇到,你向来忽略这些弱小的事物
一列火车带着呼喊从一个山巅到另外一个山巅
一条蟒蛇也会带着呼喊从一个山巅到另外一个山巅
咦,我分辨不出伟大事物的情怀,你让我坐上这趟列车
让我骑在蟒蛇的脊背上,这依旧是徒劳的
我在泥泞的山路上走久了,疲惫,麻木,迟钝,甚至
忘记了耻辱和苦痛,忘记了流泪
甚至忘记了我的手搭在你的额头上,让你
像君子一样仰头看什么大海
看什么阳光。

在小鸟的叫声里金子出现

◎林雪

我把"这是一间茅草飞动的屋顶"
改成"一间草屋,屋顶茅草飞动"
村庄在树林里闪现
那时我看见了你
并爱上了你们
这是一次事故啊!天空精致薄脆

那些满族男子坐在地头
就有了悬念。后面要写的
田垄和庄稼,才能在
诗句里成长,才能变得可读
我和他们的女人,将与周围群山的呼吸
一起战栗迷离。那天空的高
那河流的长,都曾经一次次停顿
马达在不远处的工地
像一只重低音箱子。在四周
火焰和雾霭中
梦一样升高了楼顶
我有了诗和生活这两种文本
我是个贪心女人:诗和生活
两个都要。我越写,离我在这首诗中的
愿望越近。我跟着诗走
跟着文字里的磁,辅音中的气流
跟着手。语言。沉默的舌头
跟着山顶的灵芝,和
鞑靼人的玫瑰。赫图阿拉城堡
周围那散失的细节里
有我们青春年少时的信物
无论我留下还是丢掉它们
它们都曾存在。进入一首诗
离弃的时间越久,灵魂越自由
最后我写下标题:在小鸟不停的
叫声里渐渐显现出金子
我去掉引号,让它们
相互混淆。像你面前

席地而坐的我
混淆了爱情和仇恨
像我们身后的村庄,
在小鸟不停的叫声里
渐渐显现出金子

指甲油

◎小妮

我沉溺在指甲油的分子里
美丽的分子
抓不住的安全感
一个个细胞是散场的电影

爱情是那凝固的指甲油
那双深情的手
指甲油的手
似乎在嘲笑早衰的爱情

商场的柜台上
指甲油曾经一瓶一瓶
装着我空洞洞的心
破损的心
指甲油像粉饰的虫子
一遍一遍爬满伤口

一层一层遮盖疤痕

指甲戴上厚厚的面具
心挂上重重的锁
像稚嫩的孩童
泪穿电影

听 雨

◎梁雪波

雨时断时续,从下午一直落到子夜
我曾写下的雨之书
此刻已变得陈旧,一场裹着初夏
不安气息的雨需要与之相对应的更新

雨落在窗台、失眠的车棚,我听得出
它的冷冽、峻急、幽咽,以及
更多的正被黑夜吞没的声音,就像
青铜熔于一束火焰

与风不同,雨并没有捎来远方的消息
却加深了现实与记忆的积水
为了让那些深藏于岁月之窖的幽灵
不会轻易地泅渡过来,敲响你的房门

以上选自"天读民居书院"

所有决定性的时辰都起于微末

◎泉子

所有决定性的时辰都起于微末，
譬如我源于父母的一次偶遇，
一次媒妁之言，
一次平常午后的串门，
一个嫁到隔壁村庄的邻居回家探视时
一次有意无意的闲谈，
并终于促成的一桩婚姻。
譬如我蓦然惊心于
我与阿朱的相遇
与堂兄三十年前的交通意外之间的
一种隐秘关联，
如果不是这次人生剧变之后
堂嫂人生轨迹的偏移，
并在我的就业之路上提供的影响，
而得以与阿朱相遇，
那么，今天我又在哪里？
而我此刻看见的
又是一个怎样的人世？

彼岸花

◎南蛮玉

不要遇见叶子,深碧的叶子有你的指痕
不要用宿墨去画,彼岸有你的兰花

看到彼岸花不要去折她的花枝
折了会打破碗,青花釉里红

无人的时候可以唱一首歌给花听
但不要唱出声音来

回到那隔世的山林
离山冈越近,有越多的白云涌过来

银　杏

◎举人家的书童

坐在花岗石长椅上。任由黄到了尽头的银杏叶
掉落下来
轻得如同小孩拍我肩膀
闭上眼睛,心里连着说了好几声谢谢

并想要赞美它
它不进行选择。无论贫穷还是富有,疾病还是健康
即使坐在树下
垂头丧气。抑或,比前几天都要兴高采烈

曾经有一个失眠之夜
我重新披衣下楼,来到花园。也坐在这张椅子上
靠着椅背
点燃了一支香烟,尽量把头往后仰
这个时候我感到自己渐渐放松了,与大地齐平
我感谢了银杏
它们帮我顶着,黑夜才没能不分轻重地砸下来

悲　秋

◎念小丫

都走了。
平静时,一根电线串着六只白鹭
台风骤雨刚刚离开

活着多么危险——
我在现场以外的地方打了一个趔趄
这个时候我更加抱紧自己.
这多么需要珍惜

我抱紧了空气,不再拒绝冰凉的他
还有几条惊吓之后的鱼
和我年幼的孩子。我不能抱紧母亲了
愿她在土壤里获得安息

终于走了
房屋在晃动,花盆已打碎
一日一夜风雨,让人间的秋天凄凉了
一截电线上六只颤抖的影子
浸泡在潭水中

我远远地看着江南
那一大团绿都有了萧瑟的容颜

月亮往事

◎乔国永

父亲没有提起过月亮
这并不奇怪
一个背离故土的人一生都在
躲避月光的追赶
这个目不识丁的人知道
一旦惊动了这两个字
他没有更多的词语能拦住倾泻的白浪

母亲没有提起过月亮
多少有些奇怪
她替父亲拔掉脊背上月光的芒刺
她当着孩子们的面
一寸寸搓洗那个陈昧的村庄
作为从犯，她的祈祷和沉疴之痛
足够解禁尚未扩散的愧疚

身为逆子，我也很少提及月亮
我的那点凄苦根本无法安慰
埋在月光下的那两座坟茔

在玉泉寺想起我的母亲

◎伊有喜

在玉泉寺观音阁
我看见一位年轻的妈妈带着儿子叩拜——
这一拜，就是他们的人间

这多么像我们在千手观音前的祈福
两鬓斑白　我依然眷恋这纷扰的人世

大慈大悲的观世音菩萨啊
作为凡夫俗子　我愿意——
你是心地善良又好看的女子

我愿意承认——
送我来到这人世的,就是我的观音

一封信

◎高亮

有十多年了。那时我还在
南方一个小城求学
女孩给我寄来她手书的信
像头顶上不期而遇
掉落下来的一枚叶子
信的内容和送信的人如今都忘了
但我要真诚地告诉你们
那些汉字个个优雅,着浅蓝色外衣
它们安静如秋日飞泉山上结挂的野果
不说话,却替一个人酿造过
世间不可复得的甜蜜
而厚厚的埃尘是我撒上去的
闪烁的辉光也是我亲手覆灭的

走到拉萨是春天

◎李栋

麦苗初生
新植的银杏树
刚长出小巧的叶片

桃花只是花骨朵
疏的疏,密的密,掩不住
踏青的绿裙子

我们聊起拉萨、纳木措湖
牦牛骨的手串
布达拉宫覆满铅灰色的雪

蓝喜鹊振翅飞过,田野安静下来
汾河水还瘦着
哗啦啦地由北向南

以上选自"婺江文学"

最好的月光（外一首）

◎旻旻

习惯在暮色里，穿过那面荼蘼花色
触摸不到的墙，在虚空中飞行

疼有一丝不苟的形状，爱也有
"为了即将到来的完美告别，我来看你。"

你所到之处，皆有祝福和光
那些离不开之人，各自找到归途

唯有你见过我的笑靥，恐惧和忧伤
见过最好的月光，荡漾在我赤裸的脚丫上

有一天，水会来

有一天，水会来，会装满整个海
抹香鲸会来窗口接我
大海没有分岔路，巨浪会来，会掀开门帘
水母跳着草裙舞，塞壬轻轻唱
那些传说中的歌声
它的妖娆和蛊惑

无法把我变成诡异的石头
海底有红珊瑚，白珍珠
能把脚踝打扮得珠光宝气
还有那根针，就让它留在大海的深处

山居一日（外一首）

◎辛夷

到了傍晚，整座山的清凉全从木格子窗
涌了进来。在眼所看见和变化之间
秋天正遗弃一个喧腾的话题

寓意是山，最后存在镜子中模糊的曲线
时间松开了我

顺着风奔走的方向，我们看到
拱形桥金色的背脊，闪闪发亮

有人从桥上走过，如此漫不经心
流水快速捕捉到这个瞬间

弧形的天空从远方寄来明信片
这一刻，我在灯下看书

"一切都无目的除了那永恒的

美之外——"

风中有我的私人史

远离了她,她的手她的脸在我面前
变成白雾。午夜的纸屑
跑动在车流声里。过马路
我遇到呼吸的尘埃,跟随灯火起伏
天桥下,醉酒的流浪汉呼出远方
悲伤是一块铁,沉沉的
压低伸向我们的枝条
我的爱人,乘着末班车回去了
她变成车厢里所有的陌生人
我遗落了什么
在大街上
月光养育着它

谜之十七(外一首)

◎丫丫

从棺椁开始,倒退至
婴儿床
从底,到面

不同的音区，不同的指法
生命的代表
用不同的身份，投入新的抒情

镰刀高于稻田
镰刀高于美
镰刀高于碑文的气质

秘密在被收割后的田底下，歌唱
一生中紧紧擎着的碗
停止向命运乞讨

从棺椁到婴儿床
从歌声到哭泣，从自由
到自由。从零到零

谜之三十三

随时都能从一张过时的地图
摸出河流、山川、绿油油的草原
和成群的骏马
摸出一个国，或一个王
一群面目模糊的嫔妃
和名妓

我的十只手指变形
怎么找，也找不到阳光下

清晰的边境,或界碑
怎么翻,也翻不出自己身体里
准确的皱褶

历史蒙着面
写出的词,自带火焰
左奔右突,总是找不到
合适的火场

一只刚刚切开的西瓜(外一首)

◎梅老邪

比玫瑰花鲜艳
亮度
还有质感
十一种的颜色单位中
我看到的却是
甜
甜代表的肯定不是红色
它最初的梦想
可能是新鲜
以及一种湿润感
我的大脑在捕捉一种定义
是它最不重要的诗意
我想表达的是

一个刚刚切开的西瓜
就像一坨爱情
它刚刚来到
往往还没有开始
已经被爱的文化灭绝

猫眼睛

我总觉得它是一种虚构的植物
年复一年的春天在坟墓旁边寻找生路
流星雨发生的夜晚
会爬上村庄里很多人家的栅栏
猫的眼睛一样警惕的叶子
会利用嗅觉跟踪不坏孩子的灵魂
割草的孩子不小心割到了它的枝蔓
白色的津液可以把一只小兔毒死
霜降的时候的果实和叶子散发迷人的香气
家家户户都要把门窗紧紧关闭
只有勇敢的采药人
小心翼翼地挖出它们的根部
放入滚烫的松节油里

独居（外一首）

◎余史炎

今天，我要一个人坐久一些
我知道家是安详的，且并不遥远
我知道饭菜是可口的，且并不昂贵
一个人，有电脑有水还有牡丹香烟
我希望被遗弃久一点
让我在文档中敲打这座城市
以便能让粮食多余，田野荒芜
让我再喝多点水抽多根烟
盗取时间，把秋凉搬到冬冷

Perinea 知道

会有暮霭，会有晨光，会有山上森林里的月
会有汽油灯坐在中间，听见斜上方的蝉鸣
会有人醉酒，会有人缠绵，会有多情的帝王
写诗句和词章。他们从没描述过合欢般若
Halperin 知道，他没有准确描述双身像
会有的一切夜晚里光，云从未来构建
欢乐的迹象，是凤凰涅槃的"演揲儿"
火的渴望中，会有的，"欲乐定"的爱
白色在蓝天底下，会有烧红的脸和眼睛

鸢尾花与黑咖啡

◎苏素

星期三的早晨没有阳光
茱莉亚捧起涂抹杏子果酱的吐司
黑咖啡拽着舌尖
落地窗外,鸢尾花开

你有紫色钥匙,风一样的微笑
无数耳朵在奔跑
它们叫着:"茱莉亚,站起来"
巨型漩涡穿过身体
每一次都无法遏制爆裂

你在杯底匍匐
觊觎某种流动的错觉
陌生男子推开春天
白色云朵,以及细长弯曲的藤蔓

以上选自"诗维空间"

2019 年度网络诗选
微信群诗选

悯刀情（外一首）

◎笨水

石头不想变成铁，是我们将它投进熔炉
把它烧成了铁
铁不想变成刀，是我们将它放在铁砧上严刑拷打
把它打成了刀
刀不想显露锋芒，是我们将它按在磨刀石上
把它磨出了锋芒

镜　子

感谢玻璃工厂
还在生产古老的玻璃
感谢镜子工厂，还在
按照传统工艺生产
能看得见真相，说得出真话
心直口快的镜子
而不是根据市场潜在需求
批量制造
会说谎的镜子，谄媚的镜子
唯唯诺诺的镜子，低头哈腰的镜子
没有更多选择

我们只好在墙上
装上这种单一性的悬崖

单身少女（外一首）

◎杨勇

如何知道她的好心情，又如何判断
这份好心情因何而来。你看她驾驶自行车

在环湖路上兜风，那车轮一前一后
时疾时缓，湖水的返光和笑声滚动

她伸展手臂，模仿云丛中的鸟
飞过青草地，飞过人群稠密的公园

像一只野生的鹿，她轻盈，飘逸
散发着花木的香味。她的眼神温柔

照见万物复苏，和万物的梦
珍惜这短暂的自由时光吧，幸福的少女

很快会成为贤妻，研究一日三餐的菜谱
很快会成为良母，触摸时光留下的伤口

还没来得及走遍天下，来不及回眸

她已早生华发,身体的江山破碎

现在她转到湖的另一边,黄昏的阳光
使她的脸庞长满绒毛,她的长发遍布光芒

她临湖摹画,把透明的自己放进画中
湖水清澈,使她成为湖和周边世界的一部分

旅　途

火车沉稳,笨重
发出巨大的轰鸣
我注意到车厢深处人群中
一束小野花在一个孩子的眼里绽放

他是欢快的,也是惊奇的
在他的眼里,一朵花的绽放
可能就是世界的模样

我听到他对父亲说
爸爸,这朵花像星星
他重复着这句话
并确信星星就在每个人的身边

我仔细看那花
怎么看都像
一颗光秃秃的头颅

旧天堂（外一首）

◎麦豆

请让事物待在它原来的地方
那是你进入另一个世界的入口
灯光熄灭　人群散尽
但请让事物待在它原来的地方
黑暗中　它会兀自发光
那是你找到自己的唯一地方

请让事物待在它原来的地方
无论何时　它都有一个确定的地址
即使隐身黑暗　仍温暖如故
请不要随意挪动它的位置——
有一天　我们都会迷失　遗忘　死去
但它仍在那里，像一盏不灭的灯

悼一只马路边的死猫

观看落叶之美
甚至会引发我的赞叹

但瞥见一只死猫

我害怕它的灵魂附体

它在横穿马路时
被撞到了脑袋

倒在清晨的雨水中
满身泥浆

如不仔细辨认
我竟以为是一个人
死在了马路边——

必须写一首赞美诗
给它肮脏的皮毛
紧闭的双眼——

愿它的死
和我的悲伤
配得上艰辛的活着

沉默的男人们（外一首）

◎余小蛮

你知不知道他为什么失眠？
他的心像一只破旧的麻袋，里面放着

房子、车、昏睡的婚姻、各种数据、表格
杯光交错之间的暗示、话语冰层下涌动的暗流
妻子的目光、孩子考试前的焦躁
每一次日出和日落
最初他放入的大海和爱情
越压越薄
你知不知道他最怕眼泪滴进这只破麻袋里尤其是
妻子和孩子的，还有
老人病痛的呻吟
他们把最后一根稻草轻轻举起

信　仰

生活就喜欢吊打这些长了心的人
因为这颗
没用的心
多了多少麻烦
眼泪比别人多一升
流血比别人多一升
就算你在书中四处寻找失散的自己
试图用音符和琴弦捆住继续剥落的自己
就算王尔德在深夜的黑暗角落对你冷笑不已
就算火鸟飞出了你的窗子。

现状（外一首）

◎得一忘二

空气必须凝滞很久，才可能孕藏暴雨，
不过人们说，流动的云是走上了歧路。
在旁观的眼中，事情这样不可能继续。
静物是对周遭一切不搅不扰，
各元素保持平衡，各物体合乎透视。
一棵树长太高，或者离开林子站着，
鸟儿会飞来，在树冠上歇脚，过一会儿
继续飞。是的，它们总是飞向别处。
留下那棵树，就和叶子在一起，
树叶便有义务抚摩树枝，保持它们的弹性，
俗话说，自己的痒，还得自己挠。
对某些鸟而言，自然而然，只相信下一站，
这一次偶遇若有什么，也在它们起飞时
不再存在。哦，唯愿下一站是塔尖。

似乎什么都没发生

太阳符合预期地升起，而没人预期，
劳碌命和富贵命都过到日落。
黑夜怎样，也许必须以黑暗的语言描述。
没有昼夜的网络，不算很熟的人打着招呼，

更熟的人把这天留在心里、刻意沉默，
犹如一堵堵墙，专注地站着，没有站成
迷宫，还是一堵堵墙，那么多层墙皮
和标语也没有改变什么，任凭日出、日落
各自投下影子，投下各自的温度和颜色。
说过的话，写过的字，当时就有人听了、
读了，甚至似乎立即懂了，很有可能
再过一段时间，那些字便无人能懂，
而不再需要人懂，也许更需要一些时间。
只是今天就这么过去了，犹如什么都没发生。

1982。雀斑美人（外一首）

◎呆呆

我应该是一个雀斑美人
穿细布棉衫，阔短裤。坐在竹椅子上喝白粥

摇蒲扇。点艾草熏蚊
我的男人
是个黄包车夫。收工回家车把上挂着荷叶粉蒸肉，老黄酒
还有一只红瓤西瓜

我应该为他生儿育女，不知疲倦。
我的孩子嗓门粗大，不识字，不算愁
因为穷

一辈子只呆在村子里种植物
因为穷。他们不给植物吃昂贵的肥料；也不给植物捉草除虫

1996。妈妈

妈妈。想必你早已忘记
在那个小村。
你又美起来了，坐在矮凳上。丰腴女人的样子，看着女儿
从小路另一头骑单车而来
妈妈。放弃是多么轻易，一份生活从你背后射来暖光
——这些足以让你漫不经心
眯着双眼。
妈妈，我嫉妒你的好看，以至于不能忍受这黄昏
当我停在你面前
稻田里飘着米饭和分蘖的气味；我实在不知道该如何表达
只好说：百草枯啊，那是百草枯

晚年（外一首）

◎洪光越

傍晚我低头走进一片荒草地
在柔软的沙土上站稳，蹲下

身子低于成熟的芒草心低于

土里卑微的事物,那些带刺

嚼着日光的仙人掌,在歌唱
我则在寻找回到过去的地图

这些年我翻过山头越过海洋
离九泉之下的亲人越来越近

我日夜笙歌,把爱过的女人
又重新爱了一遍,在金江镇

某国道旁的村庄我种植果园
用果汁欢迎远道而来的客人

她也头发斑白时而望向北方
在一个雾水满山的季节先于

我消失在雾里,此后的三年
我乐观,安静,每天去后山

走一条旧路,野花盛开的路
我才刚过半途就用完了一生

认识植物

我常穿过鱼腥味的巷子
去海湾认识一些植物

它们先于我找到那些细软的沙子
把身体塑造得坚硬

夜里众多的星发出耀眼的光
它们就在光下集体呜咽,抹泪

为一座年迈的岛屿活着
为新的自然法则祝福

在我之前,有一位创造节日的人
提前一年从多普斯岛出发

带着语言,礼节,和岛屿的孤独
乘坐竹筏到这片海湾

交换它们的药效
交换它们卑贱的心

至此我懂得了多普斯岛的孤独
在从海湾回家的路上

我轻轻喊出露兜树,飞机草,马鞍藤
卑贱温暖的名字

虚拟独白（外一首）

◎李浔

白云你为什么苍白
待宰的羊也是白的
晨阳你为什么潮红
私奔的女人也有女儿红
人为什么有是非
他们有了太多的道理

为什么自责？
为什么还有罪过？
自从有了隐私，你认识了偷窥
自从你开始可爱，一叶就可障目

随口一说

信口开河的人啊，浪打着浪的快乐
说吧，还有什么能比不经过大脑的话更轻松

你说盛不了水的石头知道，水过无痕
懂事的河与石头都会远走他乡
只有落单的人，像散落在河滩上的石头
被自己的话冲洗得圆满光滑

你说,想粉碎流水,才解心头之痛
说过的话,无论是偏心还是无意
两边的堤岸年年垒高,又年年决堤

雨　夜

◎路亚

雨测试我心脏的间隙
我听到叫声唧唧。秋虫只剩下一只
它有一张勤快又乐观的嘴

温比亚翻出去年的记忆:
我们在雨里走过来,走过去
仿佛只要一直走,时间就会停下来

雨下得再远一点就到了童年:
芦粟倒在泥里,煮好的玉米盛在盆里
妈妈和妹妹们都还在一起
那时的台风还没有好听的名字

窗外的香樟树叶簌簌作响
我突然想起,已经很久没有掉泪了
我的心曾在雨里紧张。而今夜
我把猫咪抱进屋里,并祝它一夜无梦

擦人行道的老女人

◎埂夫

她手拿抹布趴在地上擦
自言自语
怪里怪气
听不明白她说些什么
话中似乎
有个叫张伟峰的人
张伟峰很高大
又似乎挺弱小
似乎想将这个人从她的心中擦掉
可是地上并没有张伟峰
她擦那些人行道上
留下的宽大的黄泥脚印
围观者中一名电驴男子
扔下了硬币
哐当一声
她抬起瘦黑的脏脸
深深地瞅他一眼
神情漠然，随后举起抹布
比划，要擦他

以上选自"诗生活"微信群

浅抒情（外一首）

◎周所同

我把玻璃一样绿的叶子喜欢过了
把胭脂红的花朵喜欢过了
把若有若无的香气虚幻地喜欢过了

我把七月韩家荡的万亩莲荷
——喜欢过了。我的爱本来无多
用完就该空空荡荡走了

别在莲朵上那只蜻蜓多像精美的
发卡！用微信传给女儿
我总也长不大的女儿也喜欢过了

启示录

美是速度是危险。是消逝刻下永久记忆
爱是远是近。是光芒消灭黑暗距离

听雨的残荷平静而安详
反对摧毁等于接纳了暴力

流水不废千年态度。一只泥藕
才一语道破草木向心的真理

黄昏（外一首）

◎马占祥

今日之光芒已尽。西山上的绯红不值一提
今日之人间已停。在小城，没有多少料峭的词语
可以复制史册里的唱腔
河流的政治学是浑浊的，便于游鱼潜身
街道边的槐树收回影子。我的诉说偏暗
偏于鸽群落脚的荒郊——
时代的黄昏里有不可言说之谜

雪夜行

我看到的景物是直观的
白布匹一样的雪裹住了原野
在城郊，薄霭中的星子透着冷光
风有着褶皱

去年的玉米秸秆不再苟活
黑黢黢的。我想起来的诗句
不抒情：哦！江山，寒暖

一些词栽种在黄土上

我确实背对了人间的一部分
逆风的爱是我还攥着的
我区别于玉米：我亲爱的影子躺着
我有荒芜之意，雪夜有广袤之美

兰州向西（外一首）

◎ 离离

从兰州向西的那些山上
几乎没有草和树
也就没有羊群
车窗外突然有羊群
是件多么让人惊喜的事情
即使有一只也好
我们看它时，它不一定知道
山也不一定知道

它们也不知道
从兰州向西，最终能到哪里
宁夏，青海或新疆
还是一群羊在吃草的春天

月亮和光

我们很少看月亮
路被街灯照亮,就忽略了月亮
床单换了新的,就忽略了月光
我们很少谈到月亮
只有在听说月食之前
多看了天空几次

天一直阴着
月亮根本没有出现
只有声音很响的摩托车
从我们身边经过,你说
只有声音没有月亮是
悲伤的

劈　柴

◎马路明

这是人类所熟悉的
最古老、最有意思的活儿之一

据说刽子手看到一个人

总会凝视他的脖子
思谋着哪儿才是下刀的最佳位置
一个有经验的劈柴者
看到一块干木头
也会寻找斧头砍进去的最佳纹理

要学会区分
不同质地的木头
硬度不同,用的力气不同
如果我静悄悄地劈柴
那我的斧子遇到的肯定是白杨、柳树、核桃木
如果我时不时喊:"哈"、"嗬"、"嘿"
那我眼前肯定是榆木、杏木,或是梨木

如果遇到一块
只需轻轻用力即可砍开的木头
你用力过猛,木头会飞得很远
或者朝着你的面孔飞来
让你为鲁莽买单
如果该用大力气,你却轻描淡写
斧子砍下去,沉闷的声响
是木头对你和斧子的嘲笑

晚上,我一会儿摩挲着我的虎口
一会儿按摩大腿
一会儿揉揉额头上的几个包
炉膛里,我白天劈下的木柴上
火呼呼有声,听起来

每一块都乐于燃烧,成为温暖

寒冷的花瓣

◎谈雅丽

是命运裹挟一切呼啸而来
我把手面对天空
等待最小的一片雪花
降落在我的手心

农历初七,公交车上挤满赶班的人
我和一场雪同时到达站台
今年的第一场雪——匆忙而安静
像一场快要走失的爱情

我刚刚开启2019年的新年之旅
送别南归回家的父母
躲过地铁的早高峰
在早春,我刚刚想起一个沉静的人

无声的雪在降落,飞舞——
我听不到他的声音,却深深想念他
仿佛春天第一枝樱花,露出寒冷的花瓣
却并不曾发出欢笑的声音

还乡（外一首）

◎ 吕达

在撒玛利亚的水井旁
我遇到一个行吟者
以挽歌的调式唱着
在这骄傲的大地上
我的手艺几近失传

农夫、牧人、猎户我都尝试过了
这世上没有更好的职业也没有更坏的
归程荒凉而漫长
幸福依然如此迷人
以致我们迅速偏离靶心
漂泊中我以眼泪为点缀
装饰平原、山岭和门前有谷物的农场
这世上没有更好的故乡也没有更坏的

在这骄傲的大地上
我们理应受苦
撒种的人走后
一些树因为疲倦就倒下
从离家到还乡是整个人类的距离

97 路南京站

我羡慕过居无定所后的安居
阴云密布后的晴空万里
也曾立定心志
靠近一个幸福的人
让他的幸福也成为我的幸福
如今我承认自己才智平平
一生的轨迹基本定型
看见自己的来路就看见了归途
有一个习惯我保留着,说好也不坏
学生时代读小说总是一鼓作气
期盼在结尾曲终哭一场
因为啊
另一种人生不过是观望
从来都是我们各自保持固有的趣味
从来都是走着走着又回了老路
97 路车开走后,世界上再没有什么好消息
不过啊
早晨我把脸洗过了
新的一天又有了开始

孤峰记

◎李满强

我承认我是奔那些山峰而去
当他们从水流之中,忽然起身
在普者黑,站成了自己想要的模样

他们得接受好事者的命名。接受
云雾的遮蔽,流水的修改
接受风声的告诫和训谕——

但这一切并没有改变他们
无论从哪个角度看过去,他们
都像是一群在莲花丛中,静心修行的人

对母亲的一次观察

◎陈宝全

皱纹横生如沟
沟里发生过什么
她自己也说不明白了

一生不曾使用恶语
但大多数牙还是弃她而去
是什么迫使余下的几颗
站到了现在

三七、甘草、车前子
……在胃里春枝繁茂
粮田面积却急剧缩减
一只饥饿的麻雀
扑腾着,已经飞抵喉咙

眼睛里还有空地
她一直想种点什么,比如黑豆
但干不动活了

嗅觉和听力尚好
常常听见骨头说话
土炕在后半夜喊冷
大哥在肚子里喊饿

她说:风吹门窗的声音
还跟七十年前一样新鲜

裸 冬

◎ 刚杰·索木东

所有的灯都不知疲倦地亮着
所有，能裸露出来的地方
都如此坚硬，被称为脊梁
光秃秃的山冈上，甚至
挂不住一片雪花
那些还能找得见的暖意
都躲进向阳的山坳里了
那些还能看得到的衰草
只能保持干枯的沉默
那些偶尔还能遇到的积雪
终将零落成泥，留不下
多少洁白的记忆——
这才是真实的北方冬天啊
你所向往的风雪凄迷
你所期待的铁马冰河
还得往深处寻找
大河就这么迟缓地蠕动着
风，又把一片喧嚣
吹上了天空

母　豹

◎南南千雪

亲爱的
你不能对一个囚禁自己多时的人怀有爱意
她的头脑空洞
肉身麻木
精神孤绝
她带着修辞的巴别塔永无修复之日
这样的一个女人
她有罪
上帝对她的惩罚
让她成为孤独之王
让她成为悲伤之主
蛇也不能诱惑她放弃对自己的克制
你不懂她就是那头生在中国的母豹
她只为自己的孩子去捕食
她在狂风暴雪中蛰伏
当羚羊群经过时
她从悬崖腾身飞跃
那么危险，又那么专注

湖　上

◎李继宗

风吹止于芦苇,而芦苇的喧响,止于水影
瞬间即永恒仍然维持着这样一个鲜活的
现场:一群野鸭,没有领袖
没有其中,也没有
时光的迷雾,更没有谁是谁,谁不是谁
风吹止于一阵恍惚,而只有我思
才能证明,水光曾经潋滟,山色曾经虚设

以上选自"酒杯与星空"微信群

跪着(外二首)

◎李庄

我见过跪着的羊、跪着的牛、跪着的狗
我甚至在动物园见到一只
跪着的老虎
铁笼的一侧还匍匐着一棵名叫地柏的树
据说跪了五千年
当然,见过最多的还是跪在土地上的人

可我从来就没见过一条跪着的鱼
它们舒展着身子奔向大海
即使死了也直挺挺地躺着，用一只眼
斜视着你的膝盖
一只眼凝望着天空的蔚蓝
每个人都被鱼刺扎过喉咙，却不知道
它是想贯穿你的身体代替已弯曲的脊骨
在你咀嚼后做最后一次的静止的挣扎

剖腹产或诗

妻子小腹上有一条 12.5 厘米的刀口
它张开过两次
五岁的安和三岁的小米从此处
来到世上
每当她俩叽叽喳喳说
我爱妈妈我爱爸爸时
我都紧闭着嘴不说话
事实上，这些年我一直不敢抚摸
这条刀口。我的诗一直在向刀口
学习沉默

陨石或失败之诗

"这世界值得仰望的事物
一是头顶的星空，二是心中的道德律"

每当读到康德这段话
我就无端地想:爱因斯坦飞扬的白发
多像彗星的尾巴……而霍金歪斜在
轮椅上的头颅同宇宙一样浩瀚
前日夜半,有陨石落于东南
我闻讯后驱车前往,不料
只余一深深的陨石坑满含空无的神秘
回程中我猜想陨石的偶然和必然
它有怎样的密度,体积才经得起
穿过大气层时那激烈的摩擦——不至泯灭
这是怎样的坠落?如策兰极速的语言
划过黑暗的心灵,留下喑哑的陨石坑
逼视着存在的荒芜,人的暴行
下车小便时忽然想起祖母常念叨的话
"天上一颗星,地上一个人"
于是,我轻松地评价了自己:一生
安全地跪在泥泞的地上,没有失败的资格

去老屋（外一首）

◎臧海英

儿子在前,父亲在后,我走在他们中间
他的叛逆和他的衰老,一样重;我对他们的亏欠,一样多
真怕有一天,我会失衡

拐进巷子,好大一会儿,父亲才跟上来

影　子

一个人经过我时,把他的影子
投在我身上
之后,独自走了

这么多年,他始终没来取走他的影子
没有影子,也许他并没感觉到缺失

而他的影子和我在一起
我每天做的,就是与他
分开,合上,再分开……

想起豆沙关和僰族人

◎苑希磊

想起豆沙关和它巨大的豁口
讨生活和逃生的人不同
守关的将士和杀生的将士脸上
有不同的疲惫。
崖底的流水,有一场旷日持久的阴谋
以至于几百年了,还试图

用自己捆住两座山
不让它们再分离一寸。
而劈山之人的斧头已杳无踪迹
杀人的箭矢、刀枪也消磨殆尽
流水呀流水,日夜不停地在崖底诵经
白云如经幡在山顶徘徊。
我来时,石门关锁了
仿佛那边的敲门声犹在。
回头的瞬间,起了风
我听到了僰族人的歌声
还在山里飘荡
他们无碑的坟茔
都住着善良的灵魂。

树的旁白（外一首）

◎国洪玲

我努力长出树叶
一片片编织王冠
年复一年地劳作
只等你旅途劳顿
来到我的影子里。喘息一阵

王冠还在我的手上举着

现在我又来到冬天
就快丢失了所有
那最后一片怜惜垂挂我的手臂：
上面布满孔洞，洞与洞之间有我的丝线缀连
这最后的王冠发出洞穴一样幽深的光亮

遗忘是我即将坠落的另外一处深渊
它投递无人
还在摇摆

野菊花

坝子坡上的野菊花
高一朵，低一朵
在我眼中碰杯礼让的样子

秋草分不清结了谁的种子
秋虫分不清唱了谁的调子
就是沿着堤岸生长的杨柳也分不清
脚下的泥土凋零过哪一株树的叶子

我的字字句句点点颤动过的野菊花
它的蕊上　那只蓝得发紫的小蝴蝶
你可分得清它们
谁在吸食，谁是栖落

秋风才是诸多香气的携带者

我的词语

◎梅子

它们湿漉漉的
像泰迪摩卡的鼻子
东嗅嗅,西探探
用"我"开头,用"你"做铺垫
用"我们"去完成照亮,柔情,战栗

因一个逗号而流泪
用一个句号,说再见,永别
再也不见

它们留下吻的形状,善良的鼓点
艰难地爱人间生米和熟饭
恰如舌头的复活,初春的滴露
始于穿墙术
又止于茫茫,疏雪,禁言

以上选自"德州诗群"微信群

寡淡处（外一首）

◎一度

托钵的僧侣，拖着断下的枯枝
这一切腐烂的事物
在我心里，又腐朽一次

父亲们迎面走来，父亲们又继续沉睡
他们穿中山装，穿褪色的旧军服
穿打满补丁的夹袄，穿我们身上剥下去的
呢子大衣和西服

剥下我同样作为父亲的
称呼。这灰蒙蒙的白天和夜晚

黄昏的长春

一个酗烟者所感受到的凛冽：
呼出的烟圈
黑暗中莫名消失。仿佛一个个
有记忆的名字，寒冷中吹散

一片落叶可以让教堂的屋顶蒙羞
湖面的冰，给孤独的人

面壁的安慰。破冰者
和凿壁者,往往都是同一人

这么多年,我都在落日的余烬下
看透了各种别离
虚妄的光照遍窗外的阔叶林
有些事物提前离开
还有一些从来没有来过

乌龟的春天(外一首)

◎星芽

和平年代乌龟抬头看天
雷不会击中我们叠在一起说谎的嘴巴
要是杀人越货
乌龟也不会降罪于人
只要我们把它阴冷的巢穴收拾成宫殿的样子
喂给它足够多的肉与水
把家里的壁橱与吊钟全部做成乌龟的形状
并随时警告自己　与它面对面的时候
五官要端正
心要坚定不移
姿势要和它所要求的一般准确
我们再把受到恐吓的脖子摆在下水道里
乌龟会用腹语告诉每个人:

几千万个春天隐匿在雷声爆发的时刻
我们都深爱和平
又恰好赶上了这个幸福的年代

土豆先生

那一年的土豆被用来易容
我拿出做数学题的本领也猜不到他会朝哪一个出口滚去
可能他是土豆先生吧
懂得如何修改自己的时运
现在　他挑了一个绝佳的
可以照到阳光的位置坐下来
与我进行谈判
土豆先生的好几副面孔被窗外的野兽叼去了
他把最后一张脸皮铺在藤椅上并摆出玩世不恭的姿态
他的衣物正结满冬天的冰枝
活活将他棱角分明的性格包裹住了
他看起来已经不那么像一只土豆
一只过早被刨出泥土立即深涉世道
把"先生"这个词玩弄得炉火纯青的土豆
"咕噜"一声就将藤椅上铺张的面皮吞入肚腹

美好的事物（外一首）

◎项丽敏

月亮照在苇花森林
河堤上奔跑的风有晚香玉的味道

燕子衔泥，穿梭旧屋堂前
那棵活了五百年的枫杨树又伸出新枝

暮色里，一个似曾相识的人骑马
缓缓走来
面容安详，手里捧着绿色的星光和春天

暗　香

这飘浮于空中，没有形状的
若你嗅到，它就存在

若你在二月的清寂里经过这棵树
在树下伫立，深深呼吸，沉浸
说不出缘由地喜欢着
它就存在

推 拿

◎王妃

莉莉，请原谅我不请自来
把这副躯体交付给你
它臃肿、湿冷、僵硬
它有病。

莉莉，现在我只信你说的：
那些以爱为名借用身体的人
都不是真的爱人
我们要学会必要的修补术
确保自己的完整

莉莉，请施我以艾草的熏蒸
让我痛，让我死
彻底逼出骨缝里的寒湿
亲爱的，请施以古老的推拿术
你温暖的双手值得信赖
我想在植物的香气里小睡一会儿

厨房之诗

◎黑多

我的厨房很大。恍如一个地球,悬置于渺渺的太空
四方旭日腾升、月亮浑圆,有云雨环绕
有变幻的飓风与轰轰雷霆
偶有几缕薄烟,须臾之间,任它起自虚无

我的厨房太小。小得只听得见分子与分子
在沸鼎中溶解、碰撞,一把干柴在燃烧
一只微笑着的青鸟,衔来春天的种子
…………

长在窗外

失落的森林之王

◎汪艺

每个午后,你在
公交车上,昏昏欲睡。

我看到你对生活低头的

样子。悲哀得像一朵
盛开的大丽花。

我知悉你身上的,每一处斑纹。
额头上的"王"以及脚踝处残缺的
血的海浪。

每个午后,你在公交车上梦见
孟加拉森林。
你把头靠向车窗,轻轻叹气
唉,华南路又在堵车。

以上选自"徽州诗社"微信群

海棠冬红

◎张非

放下叶子
江山长出新枝
没有什么可以借力了
秋天去了远处
携没有名字的旧器
反复淘洗
渐露出嫩芽的光晕

初日以蕾　待放
如音在喉　但终于
喊出新血
应是婴儿抱紧的清晨
忽如一阵轻啼
就此绽开

你和我
抱着各自的枝条
倘若松手
山河轻轻漾动

明月草，明月鸟

◎郑茂明

叫明月的草
叫明月的鸟
一个典雅女子叫明月
山野莽夫也叫明月
那么多明月被天上的照着
微苦和苍茫一样多

有一年的月亮是血色的
闪出一张肿脸
有一回月亮在白天出现

半遮着面，躲在山后

月光照着明月草
夜色微凉，鸟声唱和
此处到彼处，远古到如今
明月有着无数个分身
我身体里也有一个

我的月光洒满山河
照见这人世本来的面目
温柔以待的也正两两相忘

明月独怜孤单人
给每一种事物以不同的身影
草有草命，鸟有鸟命
人近四十，我的命已然成型
这人间唯有草命最荒芜也最茂盛

玻 璃（外一首）

◎锦绣

光阴虚度。它在某个角落闪烁着懵懂的光
周围有鸟鸣，那简单却永恒的叫
让它疑惑，是否自身抽出了绿树枝
枝头结了苹果

阳光，雨雪都来过，但它们都走了
现在，尘埃像一块抹布
不断地擦拭着它
很多人都在它面前模糊起来
这让它安静，仿佛安静是它舒适的内衣
很多时候，它就这样呆呆地在那里
听鸟鸣。听着听着，就仿佛自身真的抽出了
嫩绿的枝条，像一次破裂

早　晨

这个早晨和每个早晨都是一样的
它只是个时间的通道，把我带到某处
让我悲或者喜，让我开花或者落叶
让我像个麻雀一样忙碌，又碌碌无为

有时，我对你说，"亲爱的，早安"
有时，把你猛地推出门外

其实，很多事情都无所谓
下雨或者下雪，都正合我意

夜　海

◎刘普

夜海没有界限
那哗哗的涛声，为几只旧船壮胆

沙子和海鸥
是远方泊来的事物
几块岩石已乱成一团。只有抱在一起
才能抵挡海水的苦苦驱赶

涛声一阵一阵
汇在一起就成为一条直线
船只是丢失的鞋子，远行的人穿上它
可以抵达天边

夜海是灰色的
星星没有出来。海水中的云彩
可以用来翻晒成盐
也可以用来写下，我们灰岩般的箴言

此时这么好，就该撒野（外一首）

◎ 芷妍

田野装满阳光，人间多明亮
河水赤足，风声披头散发
每一粒灰尘都是坠入人间的天使，
青梅酒站在阳光瀑布和我中间
彼此眼神一片汪洋

一生陈列在眼前
此时这么好，就该撒野

过　滤

风声一点点碾开草色，麦田，河流
夏至日阳气旺盛
光线从浓密叶子过滤出来，在地面上印出斑点

平静的一切在过滤我
时间也在过滤我

我越来越薄
光阴越积越厚

很想如多年前一样,面对人间一心一意

背　草

◎陈光宏

只有落在雪上,雪才是白色的
只有回到草中,我才是我

这些卑微的草,第一次骑上我的脊背
窸窸窣窣的,不敢大声

膝下的事物啊,请接受一个人的
重新摆放——

就像人们把孩子举过头顶
我给众草当牛做马

此刻,我驮着草,草驮着天空
草搂着我,天空搂着我们——

给我写信的那个人老了

◎张婧

那些信老了
那些字，老了
那些昵称，对白，末尾的小雏菊
那个信封，信封上的邮戳
邮戳上的抚摸
都老了

给我写信的那个人老了
那个盛放信的盒子
换了一个又一个

那些照亮信的月光
每晚都是新的

以上选自"凤凰诗社"微信群

自况书（外一首）

◎黄啸

终于到了他们所说的年龄，
正如那句难听却不难懂的老话——
一块烧火都不想要的木头疙瘩。

对爱太迟，对智慧又太早。
如果这戳伤了你的软肋，
我陪你整夜临摹月亮的环形山。

快冬天了，姑娘们桀骜的胸脯，
仍在十字路口照耀。我已经学会
在这张老脸被捉住之前，

恰好错开她们的双眼，像几乎
发生的车祸。如果和儿子一道，
我必须磊落得像她们的父亲。

我终于松开拳头，鞠躬
向自己道歉：愤怒的老引擎
早不敌头顶荒芜的轰鸣。

你不算老，同龄却还年轻的女同事

像在宽慰——我把这当作贡献——
今晚,她将在镜子里呆两倍的时间。

手　绢

更脏的,是雪看起来要下
却始终不下的天空。我几乎
相信,这本是遗弃之地。

我不来自异域,我无法回答
异域是否比本地更为清澈,
它的雪是否多了一个棱角。

我的嘴,我身体的全部,
灵魂——它还不使我脸红——
取决于父母在当年那个夜晚

绽放了多蓝的火焰。这祖居之地,
即使盛夏耗尽了我藏于骨缝的
冷漠之气——但你无需相信:

诅咒仍是柔软多出的部分。
我也想转身,在蓬勃的草地
像蝼蚁一样归于草根。

如果今天,我的脸真的很脏,
请给我手绢,一张赫塔·米勒

母亲的手绢,但不是手纸。

在桃林忆及八指头陀（外一首）

◎桑眉

桃花一朵一朵往树梢开
桃花一树一树往山上开
一山又一山,从龙泉驿出发
过姚渡,径直攀上尖山……

那些口口声声倾心梨花的人
此刻衣着光鲜,心事香艳
排着队与桃花合影
蜜蜂在桃林忙碌
翩翩小影比人类可爱

我混迹于人类,踩着花信
像被春风灌醉的浪子
在林中游荡,嬉笑
累了,倚着无名亭睡着了

我梦见,桃花一片一片飞身扑落
山径铺上了一层粉粉的薄霜
桃花一朵一朵从枝梢撤退……
——春天,只剩下一座座山冈

山冈上，那些光秃秃的桃树
云霭为它们披上袈裟

一想到我们呀，菊花就开了
——寄辛酉

我想寄你一朵白菊
可她面帘低垂
发丝卷曲，缠裹月华的愁思
或者寄你松叶菊
可她那么怠惰，忘记了自己揣着光亮

不如寄你金盏菊、菠萝菊、麦秆菊……
或者扶郎菊吧
她们将火焰堆满衣襟
有满怀回忆要燃烧，又甜又热烈
多像那时的我们

一想到我们呀，菊花就开了
这一天，菊花是悲欣交集的嫁娘
她将手臂擎得很高
风一吹，重重叠叠的裙裾
就送到了天上

戊戌笔记·读《米沃什词典》

◎胡仁泽

白天，我像个偶尔偷懒的匠人
打着一块不红不白的铁
出形的成品式样丑陋
回炉，风箱疯了一样嚎叫
手中的铁锤，敲打出
锃亮的笔尖

夜深，梦中的我划着船
穿梭星空，身轻如燕
星星闪烁，她们那么小
小到自己的世界
举着火焰，举着方向
慢慢唤醒沉睡的江河

打过铁的人知道
时间是黑的
打过三十五年铁的人
明白时间是白的
镣铐与罪恶之间
由强权者的口哨连接
打铁人与施刑人被对簿公堂
两个镣铐作为证人，一直沉默

说吧,水

◎李龙炳

生活在最糟糕的时候,
是整夜听关不严的水龙头滴水
水可以兴,可以观,可以群,可以怨。
古今之诗,不过是水而已。

水流向哪里,我也无法说清,
未知的那一部分有更精致的脸。
青山与永恒的倒影,
值得我在人间安插最美的间谍。

我认可你,在梦中爬楼梯。
窒息的前朝,颠倒的空间。
旋转,再旋转,形成彩色漩涡,
精心计算之后,房顶跃出鲸鱼:

痛苦的重量压榨着呼吸中的
每一滴水,作为礼物献给你
灿烂如铁锤,反复敲打的风景,
水浮起的中国,有异国的幻象。

不过是青蛙跳入古池,到处

听到水响。现代少女下河游泳
恍惚中撞见一只来历不明天鹅,
天鹅蛋的蛋黄,浑厚若史诗。

两片无花果叶子

◎羌人六

人在大地上四处流淌
命运变幻莫测,显然,书桌比它更薄
但无可取代,比如
让白云和悲悯在纸上返青,从一棵树
变回一座森林

站岗放哨时间太长的手掌
疲惫、缺水,不曾意识到眼下
头皮绿得有些发麻的春天
与它绝缘
两片无花果叶子
只与一堆死茧为伍
为灵魂伴奏,与苦难
惺惺相惜

十四年了,
无数个太阳和月亮
在纸上一次次升起,

又一次次落下
孩子尚未出生。

朝圣者继续在自己
被大风剥去人形的沉默里,沉默地
读着、写着、等待、枯坐,被往事和
一种神秘的氛围俘虏

日子,洋葱般层层剥落
淌出汩汩雪山融水,带着漩涡、
肋巴骨断裂的空响。别来无恙。

冬　日

◎黄浩

下雪后透明的野外
松树耸立且虚无
马在马厩里奔驰
掘冰人在劳作中呼出洁白的气体
沿着围墙散步
来来回回思考易腐的肉体
这颗沉闷的心
在正午的光照下
也显得异常坚固
松鼠在树梢弹射

嗖的一声就没了
只留下被大雪压弯的树枝
发出脆响
人们惯于小憩片刻
宁静的午后
仍不断有雪落下
我沉醉于行走
而烤火者庆幸
有木炭增加了冬日的温度
温暖不属于我
我自顾自地走着
一刻也不会停下

以上选自"屏风诗群"微信群

寂静之夜（外一首）

◎冰儿

万物皆有裂缝，除了寂静
水泼不进
针扎不穿
唯心脏轰响如涛
只因那里有个漏洞呵
诱你倾听不眠之夜
有虎啸迫近

它挠门窗的爪
它喉咙的喘息
它目光里的火焰

风暴无形,谈何腾挪闪避
你纵有再大勇气,终需对抗有形之物啊
眼下四面皆壁
那就后退一步
咬紧牙关吞下惊雷
顺便感谢这寂静吧
借此,才能触摸一些人滚烫的生活
才能掩盖一些人退到穷途的不堪
才能突出一些人尚在艰难地活着

皓月湖

一个人在湖边坐久了
会不会成为湖的一部分
以更纯粹的精神,更抒情的气质
来适应流水的节奏
一种不疾不徐的人生
应该是一路激流险滩后
从峰峦跌宕而下的
波澜不惊
透过水底的青苔,你震惊于
生命的辽阔与深邃
多少腐叶与新鲜的昆虫尸体

才浓缩成这碧波下匍匐的绿
让生与死浑然一体
整个下午,你探身于一座湖
目睹湖面不断有油绿的叶片飘落
羞于谈及这一路的悬崖与涛声

骑着一阵惊叹到土楼

◎安琪

骑着一滴雨水到土楼
你和雨水一起,融进了土楼
土楼迎你以黄土,迎你以黄土中的糯米
和红糖
土楼迎你以圆,以方,以门楣上的牌匾
和族谱里的微弱星光
骑着一阵惊叹到土楼
进士们在正中的祠堂,祖先们在自家的土墙
密密挨在一起的木质建筑
像日子
像蜂房
阳井喂你甘泉,阴井喂火熄灭
戴眼镜的白脸书生
从高考中落下榜,守着自家的祖先
卖红茶
红茶名美人

裕昌楼名东倒西歪楼
骑着一把手机到土楼,手机忙碌
手机不平静
没有足够大的手机装下一座土楼
也没有足够多的我
走遍 15000 座土楼。

圣保罗的蝴蝶花

◎燕窝

事情就是这样开始的
事情开始时水流正好经过
一个男人看了我一眼
这是没有弹过的
盐,充满明亮的音色

那个早上他走向我
站在树荫里,拿着画笔,微笑
他有一张奇怪的脸,我听到
他身体里巨大的轰鸣声

但他相信大理石
大理石是一种谎言
它美丽的回纹是谎言花边
他住在谎言的房子里

踩着谎言的阶梯，走上高处
他一生都没有着陆
他睁开眼，就从云端掉下来

"可以结束了吗"，他认出我
我们一起在天堂吃草，远离众生
他追逐我，我也追逐他
他在我身体里打勾，他是梵高

那个早上是天堂的礼拜七
圣保罗收容所叫礼拜天的，也叫安息日

马首是瞻

◎格式

她的身上
有冬天的入口
雪融入肌肤，盐提纯眼泪
如果收藏大海
她的正面，不妨是轩辕
如果仅仅堆放一束落英
她的反面，就得是拴马的缰绳
一张马脸喜欢暗夜里摇滚
从服装厂到服装
她将孤独简化成针尖

孩子作引线
母亲是喝农药死的
宁肯做妓女
也不肯做农民
这辈子
她搂着父亲
试图生下一匹骡子
一夜屯兵
小屯，二屯，姚官屯
屯出三伙林冲
她卧槽，必定有人在草料场开始夜奔

孤　独

◎辛泊平

一个孩子在黑夜里偷偷哭泣，老鼠啃啮木箱
车水马龙，一对夫妻在街上吵架，人来人往
相爱的人擦肩而过，午夜的电影院空空荡荡
向晚，两个老人相互搀扶着，穿过黄叶纷飞
河水静静流淌，风吹过旷野，无始无终

那根拉

◎汤佳佳

念青唐古拉峰是从日未出前
就开始的自我颠簸
这里有整车整车的扎西
和卓玛
去对每朵格桑花点上批注
筛选似曾相识的那些
轻抚,她喜欢凛冽的垭口
覆盖薄薄的小雪
用不曾谋面的今生与你相见
想倒回千年
做俯吻你额顶的滞云
风拽着牦牛的裙摆
推着一层层波涛
填写梦的空白处
为你留着那一栏峰回路转
烈烈飘扬经幡
吟诵众生亦懂亦迷的真言

以上选自"第三说"微信群

白　鹭

◎张建新

1

白鹭是落入民间的鹤
鹤在云上，而白鹭低飞
或常在清水田间单脚独立
我仍无法接近它
它与我们保持的微妙距离
始终处于完美的黄金分割线
它在泥塘里啄食田螺
加深你对一个幻觉的信任
在已知与未知之间
滋养了最为丰茂的星辰雨露
白鹭作为见证者而存在
它低飞是为了止住动荡
它静默是吁求忘记迷津

2

去江边，要翻过江坝
穿过防护林也要经过草地上
数只白鹭的注视
你突然踌躇起来
感到艰难，苍翠之心

像衰落的江水隐入暮色
野火烧过的草地上
有人留下空空酒瓶
他的未来是否
仍在白鹭的注视之下？
入秋后，早晚开始慢慢凉爽
白鹭排箫般的翅膀
张开又合上，你暗自庆幸
自己的愤懑和焦虑
因白鹭的存在得以过滤
它甚至从古典精神里
张开翅膀拥抱了你整个阴影

燃烧的尽头

◎宗小白

像一小截枯树枝
最终会得到一个灶膛
在杏仁村，那些死去的人
最终会得到一个木匣子

这使我很小就看见了
虚无的样子

在太阳下，如影子般跟随一切

如影子般默默存在
直至它对应的实体熄灭

有时，它也用十月
棉桃秸秆燃烧之后
来裸呈它的表面

更多时候，它用屋檐上方
一小片星空，来覆盖
我们的头顶

岩畔花

◎陈润生

小芹从 10 楼阳台上往下跳时
绊倒了一盆百合花，落地时
小芹和花盆都碎了。同时碎了的
还有百合花的花瓣

小芹是我小学同桌，我曾偷偷
闻过她身上的味道。小芹
小学毕业后就去了深圳打工
每年过年回家时都穿着漂亮的衣裳。很好看

1998 年夏天的某一天，小芹二哥悄悄把小芹骨灰撒到凤凰山上

时
整个凤凰山都是安静的
只有悬崖看起来危险重重

只有一株岩畔花悄悄开在峭壁上,悄悄
开出了山里
穷人的尊严。高不可摘

我们只可以带走一片叶子

◎崔岩

这么多鲜花、枯叶、流水
我们走过以后,留下一地赞叹
一地悲悯。带不走一朵花瓣
——她终会腐败、卷曲
掬不起一捧流水。掬起的只能是
流水的后世,而非今生。
但我们可以带走一片叶子,一片
枯黄的叶子。它的脉络
脆弱而又坚定。
走到现在,生活给我们的指向
已是如此清晰——我们手捧着
落叶。仿佛捧着一幅阡陌分明的地图
我们沿着叶脉固有的经络
头也不回地前行。

小 寒

◎宾歌

风在山顶盘旋,夹着雪花
一层一层往下泼。
半山腰还能见到灰影,山底
白得一无是处。
一垄白菜被大雪深埋,但它们
并未真正地死去。
它们包藏一场大雪送来的锦囊,
在冰雪中酿蜜。
那一年,大雪封山。母亲叫我去坡地
砍一担白菜过年。
雪地里,两只野兔朝我张望。
我留下一棵。那一年,
白菜没有把一场大雪带回家,
它们救了我的命。
以至于,我每次见到白菜
就像见到故乡来的恩人。
也就是从那一年开始,我确信
被大雪掩埋的人间
有一颗白菜一样嫩黄的心。

金橘颂

◎ 苏末

傍晚时我捧着金橘回家
暮色低垂,一盒小太阳在暗中发亮
它们走了多远的路我没有计算
但我知晓,它们曾长在树林里
被一双粗糙的手摘取、摩挲,小心放入竹筐
再往回走,就回到小巧与青涩
回到青枝绿叶中的白花,回到拱出地面的树苗
我知晓那些果农,和我种地的父母亲一样
以躬身的虔诚来服侍一块黑土地
青果才会被汗水包浆
拥有耀眼色泽和清甜质地
他们直起腰来,才会看到明晃晃的太阳
它守候在我们身旁
那么慈爱,充满温暖的垂怜

一只鸟的下午时光

◎ 南门听雨

一只鸟落在窗外的盆景上

不停地跳动、鸣叫

在泥土中寻找食物
用喙梳理自己的羽毛,静静地发呆

整个下午,它放弃了蔚蓝的风和高远的天空
在广阔中切割出一个仅属于自己的小空间

它把自己隐藏在盆景中,闭上了眼睛
千里之外的雪山和草原似乎与它无关

我调整好呼吸
试图进入那只鸟的身体

以上选自"挥别"微信群

高山云雾茶

◎ 肖许福

夜深沉　一把紫砂壶醒着
而碧绿茶山是它的梦
蓝月亮趴在粉墙黛瓦的窗台上
迷迷糊糊地睡着了
我趁机劫持龙岗山的一缕春色
搁置在壶中

一注奔放的热水漫过地平线
你不停地翻滚和舒展身躯
深入体内的呐喊声
从时光的缝隙中传出
一丝丝　一缕缕清香在空气中弥漫

盘根错节的一生　不断地浮沉
释放出更深蕴的幽香
悠悠的古筝弹奏出高山流水缠绵
捕捉苦尽甘来的喜悦
用你内心的安静
抚慰夜的忧伤

桑梓梧桐

◎陈安辉

作为对大地的回报　秋天正引领我们
向丛林纵深鱼贯而入
带着一头小兽的热情和
一条溪流亲近
对一块石头产生眷恋
所有饱满的果实都沉醉于自身的绝代芳华

为此　我们越发感到富足

一群小鸭子正从黄昏的蛋壳中上岸　赶往回家的路上
我们及时避让
知道他们即将会和我们一样
都会被月亮五彩斑斓的羽毛所覆盖
不久都会进入同一个梦乡

树梢的雀鸟是孤独的

◎童童

树梢的雀鸟是孤独的
我在树下倾听它的喃喃自语
闭上眼睛洁白的羊群
会向往飞奔过来

当冬日河水漫上来
树的身体泡在冰冷的河水中
它们备受磨难的某日
我的思绪是一壶烧不开的水
在煎熬

睫毛挡住风
帆船在沙滩搁浅了　我的伤口上
创可贴吻着疼痛
我的体内蓬勃生机
燃起了一团绿色的火焰

高原的野花

◎王祥康

高原的风不是一阵一阵的
那是不间断地吹
野花高兴　集体亮出好身材
风可能会停在她们的腰间
让她们想一想痒的感觉
我看出某一朵
像我的青春中的女儿
安安静静　亭亭玉立
她偶尔会俯到地面
是不是哭泣　或者面带笑容
怎么没有把风当成一回事
她一直保持这个姿势
我提醒她　一再提醒她
远方　远方　远方
她却转过头看我
频频点头　我的理解是
女儿正在向命运致敬
高原上所有的野花都顺着自己的命
但总有一两朵特立独行

南　山

◎程沧海

南山开始有梵语，菩提树高大而且俊俏
溪水被收容在湖里，荷花格外清香
晨曦和落日周而复始，庙前的庙每逢节日就演一出戏
戏里的人生比周遭精彩
我们可以变成一个薄情寡义的男人
也可以是远嫁他乡，以泪洗面的女子

幕布转换场景，曲调夹杂着俚语。
悲伤的通常是牺牲。
锣鼓处，将出相入。一曲唱罢，一出各自的黄粱梦。

余生就是一个词，比一封信重不了几分。
而后的揭竿，落草，山外，山里
龙穿城几声呼喝，不是逃避。

适合假想的琵琶，天马行空的弹唱。
你与桂花越来越像，之后
开始有了蒲公英，开始有了灯塔与船
开始，与你有了欲望。

寻找（外一首）

◎温秀丽

喜欢在乌鸦的暗影里
寻找　假装看不见的黑
鸟儿翅膀下的风声
从左移到右
一种声音就在另一种声音里生根

石头长在心里，比时间更长久
别人看不见的粗糙看不见的深沉
一直散落在人间
就像我孤独的中年
让爱近了，又远了

处　暑

我在等。等一个
把深夜街巷的黑，秋天的风和浑浊的酒气
带回家的人

已经零点零分了
我不知道这个等待
算昨天还是今天

就算成此时此刻吧

月亮隐匿。我的眼眸里都是黑
当星星积聚的光照亮窗前的绿萝时
我是多出来的那部分黑
并非来自这尘世

晨曦的微光恰好停止摆动
时间凝固，我开始遗忘
玻璃窗，推拉门
树叶的晃动和斑点
这浮世中的孤独
落满了光

以上选自"临庐望江"微信群

汪集乡下的早晨

◎周占林

夜晚的小雨敲打着窗外的树叶
汪集镇的心事
便像菊花一样在我的心头绽放
每一瓣
都长满了一座乡村城市的新奇

夜风吹来
云彩挂满了树梢
要寻找的乡下安静
在一阵犬吠中远离
孤独，还有莫名的落寞
充斥着房间的每一个空隙
只有梦
在乡间的夜曲里独自微笑

被鸟叫醒的早晨
就连草叶上的水珠也充满了
无穷的诗意
在汪集的这一个新家
我在微信留下两句俚语：
昨夜占此林，今晨听鸟鸣。

沉默的苍穹

◎小雪人

杂草不生。乱石滩
一颗又一颗小石头潜在水中，伏在脚下
比天上星星多。每一颗星照耀一个人
北极星隐在石缝间，能望见的
是地平线处的一棵树
在乌鸦群飞的夜色中，我想它肯定是

绿色的
一直向前走,我要走到
沉默的苍穹下的树下

寺

◎茂华

我与某寺在同一经纬度
它却视我为无物
佛缘广阔,将万物悬于虚空之中

此刻,一只蝉栖息在照壁上
我的听觉在蝉鸣里时沉,时浮
凡间一念,如不住地制造风言风语的桑林
任意剪切普照的佛光

一串梵音像气泡从木鱼口中冒出
香炉口吐出的紫烟,在我头顶缭绕
有仙子广袖里抛撒花瓣,如雨

缓缓的光阴

◎刘洪泉

光阴,从身体里走过
它抽走了,身体里最坚硬的部分
骨质渐渐疏松
已经经不起岁月的摔打了
光阴,从身体里走过
如同滴水穿石
皱纹,是它在光润肌肤留下的
渐深的刻痕
它滤走了头发里的黑
仿佛留下更多的白日之白
脉搏弱了,这多像一条河流
流经下游,波涛渐息
开始平静下来
它滤走了浮于岁月之上的幻想
一再确认的现实
越来越清晰地看到了日子的本真
光阴,从身体里走过,缓缓地
如同风拂过大地
它带走什么,又留下了什么

以上选自"中诗网"微信群

2019 年度网络诗选
博客诗选

生而为人（外二首）

◎游子衿

星星因为距离我们太远
变成了夏夜的萤火虫；往事因为距离我们太远
变成了树林间的微风。苦难因为距离我们太近
变成了我们的粮食，嚼着它，浑身有劲
给你一碗米饭，你就可以继续去爱，去忍受

入　秋

我不知道现在你在哪里，在我身边
草木生长，日月运行，我都细细看在眼里
我也未曾忽略长河呜咽，高楼耸立，一双白球鞋
摆放在雨天的阳台上

在我身边，要做的事情一件
接着一件，越来越小，越来越不重要
——它们都是关乎国家，关乎时代，与人类历史中
那些古老的细节相似。但我还是默默完成

由此我在它们中间潜伏下来，随着秋天的来临
而宁静下来

尝　试

尝试着了解大海,了解它的蓝
是来自天空,还是来自岁月。它为什么
是宁静的,深情的,在某一天傍晚
尝试着了解它的咸
是来自盐,还是来自泪水。新的生活已经开始
在每一天的早晨,人潮不断涌来
尝试着擦肩而过吧,尝试着了解
每一张陌生的脸孔,是来自她
因而是陌生的,还是来自她身后
我们从未了解的世界,开启,又关闭

无用的,恒常的（外一首）

◎黄小培

从繁忙的事物中退出来,
从人群中退出来,
回到繁星闪耀的深处,
发光的草木多么美,多么无用。
我在一棵桂树旁坐下,
阴影坐在身旁,秋风啊
吹着身边的一切,像吹着往事里

贫困的梦想，无用且恒常。

七月二十五日，明月夜

深夜醒来，孤独的人间已沉沉睡去，
一个人坐在院子里看看月亮，
跟它说说话，谈谈旧事，
只有它陪着我安静地醒着。
这样的夜晚多好，万物静下来的世界
多么温暖，
过去的日子，人世的喧嚣制造生活的废墟，
头顶的月亮在无声的夜晚被无端消耗，
流逝的时间总算把我放在这里了。
满院的月光漫过屋顶，
墙角处沉着海棠、月季、四季梅，
像一种牢靠的陪伴，它们年年
长出绿叶，开出红花，替地下的亲人
守住我们这个家。
此刻，它们也睡去了，在澄澈的月光中
让我看清它们在人间的样子。

花瓶生下我们（外一首）

◎淳本

花瓶生下我们，就成了一无是处的皮囊
都怪风起太迟，
都怪惊蛰过后，虫子醒得太晚
满山繁缕，用细小的火焰稳固了原野
她在那里，头顶落花
与我们，隔了无数个昼夜不明的江山

日长唯鸟雀

日出长安，之后又去了洛阳
我把你藏在微信里面，时间短到小于一切
长到，可以覆盖整个宇宙最大的物质

为了一个不存在的人，你问我穿什么衣服去见他？
我说，我要穿纸上幽兰

日子太长，我总是一个人看风看雨
陪伴我的鸟雀，因计算失误，我赐她雁字之名

她的小手，已经学会了翻云覆雨的伎俩
春天来到我的柴扉，

她，停在自己的华服里面

有时，我用很轻很轻的肉身，拨弄她的琴弦
你说，那不过是孤悬的时钟而已。

成长史（外一首）

◎霜白

有人在售卖一种方形的西瓜；有人
在售卖"人参果"——一种婴儿形状的梨。
它们新奇的外观，仿佛确是世间稀有的珍物，
引来更多的人购买，驻足。
我从资料中，了解过这些瓜果的成长史——
它们还很小的时候，
就被套进一种坚固的模具，如此，
它们就可以慢慢地让人放心地
成为任何你想要的样子。
浑身光洁而又新鲜，没有一丝挤压的痕迹。
脱离了同类，在一副好身价中，
一个个紧紧团结在一起。

海湾上空的月亮

斜倚在摩托艇上听海水。

此刻，空荡海湾上空的月亮清冷而剔透，
只照耀我一人的心事。

它只为等我不远千里而来。
若非我，它必定要黯淡几分，单薄几分，
就不是今夜这样的月亮。

也包括那些比月亮更小的石头——
踩在我脚下的沙粒，
因为我的到来，而获得一种新的存在。

当然啦，我根本没那么重要，
少了任何一个人，
另一件事物也不会孤独。

总有人在不同的地方，
复活并创造着同一轮明月。
我想，这就是千里月光之下真正的团圆。

失踪（外一首）

◎苏若兮

麦田，远远近近
呈着暖黄色

多少年，哪些镰刀
为它狂欢过

我们的村庄还在
一些人无形
已不再醒来

尘埃经不起生物的成长考验
它们被生物踩在脚下

我望向田野的每个眼神
都流露出你

如此被喜欢
如此爱上疼痛和折磨

阑　珊

越往山上去
山越有人的呼吸
每天每刻，都有等不来的人事
我依然在等。山中草木
依然在等。

不只仲夏人才想寄居葱茂之地
我看见了
那么多盏灯火闪烁

总有一盏，是你的。

丢失的马匹独自返回家中（外二首）

◎赵亚东

我们在起伏的苇塘里割草，绿色的草浆
在刀背上流淌。远处的飘荡河闪着谦逊的光芒
照亮了父亲的刀锋

的确是最好的时辰，当我们把青草运回家中
丢失的马匹独自回到长满向日葵的院落
它曾走过一条幽暗的小路，绕过河边的枯坟

现在它嚼着新铡的夜草，牙齿间发出深沉的回响
那是世间最动听的声音……
我的母亲，此刻守在它身旁，不停地哭

南方的早晨

厚重的窗帘是紫红色的
上面有凸起的花纹，有在脉络里
徐徐展开翅膀的蜜蜂
我还没有看见早春真实的样子
它们暗示着什么？

很多年来,我已经分不清
自己究竟置身何处。水汽透过网状的纱窗
在我的指缝间弥漫
其实我不过想更温暖地活着
就像这个清晨,我忐忑于群山的静默
也担心那宁静的湖面
突然又被风吹起阵阵波澜

雨中的郁金香

那起伏的山岗
和我曾经梦见过的一样
那些郁金香,在雨中抱紧自己
和我爱过的人一样。

湿漉漉的花香穿过下坠的雨滴
卖花的少女双手冰凉。
只要雨不停,那些花儿就抬不起头来

我们在阴雨中走向高处
有风吹过,整个花海都开始战栗……
最恐惧的一朵
在我的肩头瑟瑟发抖

清明慢（外一首）

◎李敢

一个人在春天是暖的
阳光白亮亮
像穿一件温和的棉布衬衫

他的高兴很慢。在街边，一个人想象
灵岩山，李花雪白，梨花雪白
山上空气新鲜，鸟儿在水泥路两旁的枯草灌木丛中啼叫

去年，他们三五人从灵岩寺一直往山下走
天黑得快极了
穿过一片掉光叶子的银杏树林，他们停在一棵楠木树下喘气

都江堰市在山脚下，灯火通明，近在咫尺
他们相望着
抽着烟，在傍黑的天光里暗暗微笑

在柏条河边

柏条河边栽着绿化树
绿化树下植着草
一盏盏路灯，等距立在河边上

我喝着一杯咖啡
我坐在河边上的一张木椅子上

一个男人走过去
一个女人走过去
一个老人走过去
一个年少的人走过去

一块石头,和众多的石头在河床上
流水从石头上流过去

我抽着烟。我把杯子团在手中
我望着河流
倾听着河流的喧响

我们知道些什么（外一首）

◎莫卧儿

人类的鞋、钢笔胆
地球上的潜水艇、宇宙飞船
而关于橡胶树
我们知道些什么

这片土地上的每棵幼树

都要经过十年以上才能收割
漫长的成长期
它沉郁的内心、浓稠的情感
我们知道些什么

成树带着一道道伤痕
每天站在烈日下流淌
白色的泪水

世界上最重要的原料
当年侵略者为抢夺东南亚橡胶
偷袭珍珠港
改变了战争史结局
而关于它奇异的老家南美洲
关于它的背井离乡
我们又知道些什么

爱 好

她在白纸上写下
檀木、五月玫瑰、麝香、依兰
仿佛这些散发幽香的名字
可以遮蔽掉黑暗中的
经血、腐肉、抽搐和剧痛

他喜欢在人多的场合
唾沫飞溅，追忆风流韵事

每提及或丰腴或苗条的肉体一次
就能从冰冷、憋闷的牢笼中
探出头短暂呼吸一次

两小团泡沫很快在人前蒸发
但有时他们觉得
天空中有只巨大的眼在静静凝视
抬起头却什么也看不见

骄傲之心（外一首）

◎宁延达

我已经受到了阳光的斥责
你就饶恕了我吧
我已经俯在你的脚下
并献出嘴唇

我已经沐浴更衣了两次
并已抛弃掉过去的自己
我已像鸽子一样归来
在蓝色的天空下　风也变柔软

我已经习惯向你低头并以此为傲
失眠者困于夜晚
我已经放弃了与不当的事物拌嘴

我已经像个骑士　下马抱起我倔强的女人

我的手抓不住重物

清晨时　我的爱人裸着身体
跑到阳台制作早餐
太阳像一束聚光灯　唰的一声
照亮我们的窗户
我想　对面楼房的每一块玻璃里面
都有一个美丽的妻子
和一顿美好的早餐

光线一点点挪移　它涂抹着生活
像爱人涂抹自己的脸
吞下一碗馄饨　几根咸菜
有些味道进入我的胃
我和她都用不同方式为各自的身体
加上一道谜语

此时整个楼区都是安静的
亲人之间话语不多
我的手抓不住重物
无数幸福的东西　一动不动
唯有太阳这只巨大的风车　在缓缓地旋转

雨中（外一首）

◎冷盈袖

雨一直下，仿佛悲伤
没有尽头。我只有今日
白天灰白，夜晚深黑

细雨里，白鹭有时一只
有时两只。我无法确定
自己是否看过同一只

但都可以叫——
白鹤，白鹭鸶，白鸟，春锄
丝琴，雪客，一杯鹭……

我准备了各种伞。伞是拒绝的一种
孩子说：在雨声中入眠真是幸福呢
是的，如今我只对雨声还略有好感

松树林

站在田庐前的花台上
就可以看见那片松树林

树林小了点，留不住太多的风
我喜欢从中间的小径过去

挺直的树干，一棵与另一棵之间
保持着舒服的距离

我在春天来到这里，我很想知道紫堇之后
还有什么花会开放

当风经过，我需要闭上眼睛
用我的空旷去理解它们的空旷

洁净（外一首）

◎胖荣

我在绕开一摊积水
没有谁喜欢沾上污泥

也没有谁，会像一位孩子
使劲地用脚，踩呀踩
泥水欢快地飞溅
像在一张洁白的纸上抒写

多少人，想纠正他的小错误
告诉他搅起的污浊

和空气中的不安
而他的笑声
正在，洁净着这个世界

浮　世

岸边的柳枝
俯下身子，顺着
河水流

水中的石头
一生沉默
只听这水声

一只蜻蜓飞来
停在石头上
内心获得短暂的安宁

新年（外一首）

◎李见心

总得用一首诗的时间取悦你
也取悦自己
这隐秘的快乐像烟花，只盛放在夜晚才有用

丛林之兽在腾挪时光
麻雀的叫声比树枝还瘦
时空迷人的弯曲处，总有无尽笔直地在等

不要惊动床下的灰尘
更不要惊讶尘埃中起身的花朵
这古老的游戏需要配合，假装自己重新生锈

下一站是星辰大海吧
海边的油污让大海成为最大的一碗心灵鸡汤
端上来了，用它喂养星辰之心

另外的生活

总有一些人过着另外的生活
他们用皮肤磨细山水
用骨头折断冰峰
只为了倾听高处的声音

总有一些人行进在荒漠的路上
被风沙封喉也不回头
被金子绊倒也不停留
只为了看见别人看不见的光

总有一些人隐居在自己的内心
向着灵魂的洞房出走

成为头戴荆冠的新郎
成为委身寂寞的新娘,狂欢到天尽头

你所爱的,是一个爱上了不可能的人
致命的虚无使他们的背影发蓝
又蓝得清晰,深刻
像星子扎进星空的序列

立春(外一首)

◎梁积林

电锯声声
从一阵音乐上锯下一截血管一样的蚯蚓
时间,请侧一下身子,或者像一朵桃花
探出漫雾
有一阵子,我很恨
突然又爱了起来
天亮了一会儿又黑过来了,带着
雨夹雪

雨夹雪呀
我在云南普者黑
试想了下,有谁想我
想也是湿漉漉的

芦　苇

晨风中，芦苇的豹子窜进了谁的身体
谁的身体里就有两块时间的礁岩擦出的一道裂隙
八道哨的路两边，被雨沤黑的烟叶在一些植物上
窸窸窣窣。像是不停地咳嗽，又像是
一个人，在一下一下整理着过往的生活

雾中，一声马嘶
探出头来的马匹，不是我遇到了中年的爱情
就是神又一次的降临

呼吸（外一首）

◎胡刚毅

大地深处，是种子萌芽急促的呼吸
山野里，是花蕾绽放悄悄的呼吸
河流底，是鱼儿与浪花嬉戏时缓时疾的呼吸
书桌上，是字与词连成行的汨汨山溪的呼吸
稿纸上，是一片皑皑白雪留下一行
足迹的呼吸

思想的闪电

花朵把冰凝的季节翻译成春
蜂儿把花蕊的心语翻译成蜜
太阳把夜晚的心脏翻译为艳阳天
月亮的手把人间的黑暗翻译为银辉
一座桥把江河的隔阂翻译为握手
一丛芨芨草把沙漠翻译为一片绿洲
一星火试着把煤炭翻译为一簇火一片光
暴雨把洪水译为泥石流、桥塌房倒
火灾把森林译为一片黑色的灰烬
假丑恶把天空的星星译为一颗颗泪滴

让乌云把忧郁的心情翻译为一场甘霖
我是大雨中喜极狂奔浑身淋漓的人啊
云朵，把我的思想翻译为一道闪电！

深夜一点钟的男人

◎高建刚

深夜一点钟的男人
在轮椅上
在空无一人的街上

轮椅像汽车奔驰在路中央

残缺的月亮、教堂、光秃的树木
拆迁一半的房子
和这个男人
加深了黑暗
以及道路的危险

人生不相见（外一首）

◎七叶

我不相信亲吻时睁着眼睛的人
也从未想过，要你给我
你的一生。我热爱和厌倦的事物
都在离我远去；我爱过的人
有的化作了尘埃，有的变成了雨
谁能了无遗憾地过完一生
谁能从不食言，如夜幕如约而至
两个孤独的星座，绝望又热烈地爱着
河流在隐秘处交汇
风在轻轻地吹，轻轻地吹

我　有
——致友人

我写过一些诗,有为数不多的读者
我遇到过一些人,有几个值得珍惜的朋友
我拥有种子、花朵、宠物和情人
我保有秘密、知己、幸福和焦虑
我有洁癖,有疯狂不切实际的幻想
我有隐疾,却仍然活着,爱着

和大多数人一样,我也有过无数
落叶纷飞、大雨滂沱的日子——

命运之神从不曾偏颇,它让我们
来到这个世界,并且给每个人并不完美
却独一无二、不可复制的一生

傍晚的时候我去看风（外一首）

◎雨倾城

你喜不喜欢
我现在的样子:
傍晚的时候,我去看风

在空旷里走着，树木过去了，黄昏过去了
不诵经
钟声在我的脚步里敲响
敲响

走啊走
多么安静的一条路
风在飞，衣袍浮动
暮色围过来
路上的我，痴傻的，快乐的，悲伤的
消失了

药

百年之后
看过你的失语，自闭，耳鸣
心脏跳动，毫无规律。我也像你
不断干枯、缩小，躲进那片好看的草地

爱情、信仰、秘密、诱惑、焦虑、温暖、光明
统统摘下
捣碎，烘干，碾成微尘
再取江河湖海日月星辰当归半碗
安宁为引，命运之壶熬煎岁月
成丸
一丸给功利的世界
一丸给叵测的人心

最后一枚，我们含笑咽下
沉沉而睡

那些风声鸟鸣流水月亮，就不要敲我的房门了
敲，我也不开

雪　舞

◎鲁橹

它是天空森林的赤子，带了纯净的笑
舞之蹈之。它绵密的痕迹意图泼洒得更广

你若是愁苦的，它便是愁苦
你若是欢欣的，它便是欢欣

它不赋予任何事物以色泽
但它所经之地，浪漫和天真也会光临

你若是清晰地看见了它、追逐着它
如追逐一只只咕咕叫的鸟儿

你的快乐，怎么停得下来
你的春天，已静悄悄爬上天空的大道

森林茂盛

树叶如雪

困顿于土地的女人

◎牛梦牛

母亲站在田埂上,锄头在她的手里
挥起,又落下。已是深秋
田野空旷而荒凉
只有微风吹动着她的白发
只有枯黄的茅花
怀抱着无数的光线
她一次又一次,重复着
这古老的动作
在劳作的间歇,她偶尔抬起头
看见蓝水晶做成的天空
有一只鹰,正盘旋上升
她仰望着它——继续高飞
直到看不见一点踪影
这个养育了五儿一女
一辈子没走出过家乡
一辈子困顿于土地的女人
在尘土飞扬的生活中,也曾因为一只鹰
久久地,仰望过浩渺的天空

惊 弓

◎赵目珍

薄暮中。有解脱的弦绷紧
秋的凉,突然悬空
我的翅膀沉重
然而在跌落的征程中
看到夕阳,我无比清醒

感谢那带有惊惧性的弦音
使我抛弃了忧郁的重量
成为自由落体的飞行
并且在下落的过程中
那唯美的天空,让我忘记孤独

我是一只充满了忧郁的孤雁
翻山越岭,有大风在吹行
感谢魏国辽阔的大地
感谢神箭手更赢。他解放了
我的抑郁,成就了一张惊弓

割草机

◎叶小青

割草机从秋天开进春天
现在在她的手上,在腊梅树下

花在冬天就开过了
草疯长。春天献祭出的寡妇

停在那里
还没有开始

时机就要降临
她推着割草机在腊梅树下

割草机点燃春天的情欲
突——突——突

她按住自己的心脏
她要压住一场暴动

在春天成为刽子手
发动机器

腊梅树,半月形石块的危险

很好地阻挡了割草机的连续推进

操作的难度如诗的难度
她巧妙地规避它们

像在男人身上那样熟练
在情人身上呼吸

你在干什么

◎吴春山

写下这首诗的标题,似乎暴露出对生活的
不信任。窗外,除了冬日浓密的雾气
那些正在遗忘
或即将遗忘的事物,一贫如洗

时间只逗留了一会儿。一个消失已久的旧人
恍如站在你的对面,将爱与不爱,咽在喉结

你在干什么?烟火烫平过人群的棱角
关于春天的想象,仿佛被五公里外一条真实的河流
带走。你刚从人群中来,遇见有人盘桓未来
而沧桑是一枚负重的词
当虚无现出原形,禁锢你,包围你
则预示着另一种可能发生——

你在干什么,世界就是什么
你推开门,世界羞于低着头

白色小镇

◎兰雪

把屋顶
交给雪花;把街道交给雪花
把旷野交给雪花

如果可以
一位南方少年的梦
也交给雪花

燃烧吧
在最接近天堂的地方
雪花汹涌
大地安静

一朵雪花——
一朵雪花,就足以将少年的梦照亮……

看一场电影

◎拾柴

黑暗中,神秘生物向我们绽放
花朵一样的脸庞——
比孔雀更盛大的展开
流淌着比夜更黑的汁液
也是一株硕大的水母
发着美丽的光
却轻易抹去一座记忆中的城堡
"别出声,活下去!"
这寂静的同盟
令我生出莫名的惊骇
捂住耳朵
眼睛却透过你的指缝
那梦境
那烤炙人心
虚构的兽——
我们雀跃的眼光还在喂养和壮大它

泉城词典：青荇误

◎韩簌簌

上邪，我对你怨怼如初民
可我不能说，这个苦心孤诣的人　就是我

你把平生清澈　和盘托出
坐看东北亚深陷苦寒的漩涡

你把江南　温软的阔山瘦水
搬到佛陀脚下
你让光和影　自景深最深处折返
你让城市的复眼里
贴满　燕瘦环肥的告示
让一个城市的血压几度涨落

大明湖边，剧情里他们上演的折柳
如今有了游戏的新法则
唯几副老楹联　还在苦苦抱残守缺

在明湖西路
一个人，在长板的脚踏车上
吃力地仄歪着身子
她清苦的外乡气息，多么像我——

拖一尾青山的鳍
与一条烙上胎记的大河暗中较劲
猛一抬头，顶上戴着的
却是城市的水草和　泥沙

尘世的万分之一

◎范剑鸣

年青的吉他手弹唱着郑钧的曲子
小广告传递着斑斓夜色
怀抱鲜花的人
把尘世缩小了万分之一
喷泉下一只无形的手就要露出它的指头
清点那些纷扰的脚步——
我有时热爱这散乱的红尘
作为书斋生活的另一极
我常从喧嚣中偶然瞥见一些幻影
穿风衣的加缪，倦于学术的浮士德
破帽遮颜的鲁迅……我仿佛
就跟在他们后头，一次次走过街头
而内心保持一份超我的喜悦

我忍受着一个人孤独的晚祷

◎周簌

那些青涩果实
在列队迎送每一个清晨和黄昏的我
现在我站立在
一棵与我同龄的枳实树下
大地没有亮出更多的鸟鸣去填充她们
我始终被一个意义纠缠：
"感谢土地夺去甜蜜的汁液
留给我们残留的，对爱的咀嚼力"

无限的空洞内部，密织的隔瓤之间
我爱她们寂寞的词
果实纷纷荡着。在暮光的剪影里
她们悬而有力的孤独，朝我们掷来

断　章

◎姚彬

她是我在镜子中亲吻的那个人

她重 50 公斤
她身上有 35 公斤水
我爱上了 35 公斤水

女人是用什么吸引男人的呢
有时是靠发育不良的胸部

女人总是提醒我们动物的身份

她应该在喜马拉雅有一间神秘的小屋
窗户外粘着她长长的睫毛

她有时简单得就像逐渐淡去的
色彩
她有简单的策略，就像孩子的游戏

我会做到一切都恰到好处
为了她
为了我

和一位大师交谈（外一首）

◎三色堇

你来过，在夜晚
在一支香烟持续的闪烁中

我将目光靠近你的气息
靠近你深邃的思想和期待已久的对话

在"一切罪恶必得宽恕"中
你用"刹那间幸福的刺痛"教我辨识
世界的动与静，善与恶
混沌的大半生，怀着歉意的脸
缺失自信的脚步削减了人生的主题

我停顿在147页的语境里
"我和生活是同一模样"

一场风暴过后

我急切地想靠近夏天
不是因为汹涌的花香
而是因为那霹雳的闪电得以
一次次消灭席卷而来的黑暗

尘世之上心无杂念
只有清风盈袖
只有慢慢变暗的月亮停在矮墙之上
初夏，我正陷在一首诗里

紧紧捂住心头的裂痕
一场风暴过后
一滴水与另一滴水完成了彼此的叙述

天空留下的唯有黄昏里的一把旧摇椅
和椅子里呆滞的我

听布谷

◎杨光

春夏交替之际，开始叫了
很守时，每晚来到河边。
孤单。广阔。
就像一个上了年纪坚持吊嗓子的人
又像失去孩子的老妇沿着河岸叫唤。
躺在床上，感觉，在叫你，叫我
叫我们当中的每一个人。
每次总想缘着叫声寻去
找到落叶，和落叶下那些虫子
离家出走的人必定有什么打动了他们。

女人们

◎阿蘅

把她们写进诗里
用悲悯去打磨，直到具有她们腰身般美丽弧线

直到。读到这首诗的人们
深刻感觉：她们的爱如她们凸起的胸部
堆满柔软；又陡峭似悬崖
让她们绝望地止步，并原路退回

别悲伤了。葛利叶
在梦里我为你撑起了帐篷。帐篷外是秋天
湛蓝色的矢车菊像维梅尔的眼睛
乔治亚娜，在梦里我阻止不了她用菜刀切割苹果
分给孩子们，孩子！孩子！一个又一个的

每一个女人，谁能摆脱与生俱来的
个体的集体的悲哀？
秋风堆积落叶。每一片金黄的叶子都有
她们泪水销蚀的痕迹

在打铁铺

◎流泉

对于一块已生锈的铁，最好的安慰
就是重新置放
熔炉中

淬火，锤炼
在蜕变中，完成修复

从形式到内容,一种反叛建构另一种
反叛

新生的容颜,所有伤疤被火焰
抹去,又被火焰
照亮

那些不曾凋落的,都是这个世界极力挽留的
我的决绝,孕生于尘世的
苦难——

勇　气

◎幽燕

气温持续攀升,一如浮躁的人世
高烧不退
每天都有纷争和输赢
每天都在发生陈旧的新鲜事
夏天盛大的阳光压低了云朵
一场豪雨,将灾难展开,随后掩埋
最宝贵的青春已挥霍殆尽
我爱过谁,恨过谁
都渐渐走远,被日渐模糊的记忆覆盖
上天翻着骰子,为人间打理
众多迷局和未知

早晚高峰的车流中,我常常迷惑自己的方向
作为众多身不由己棋子中的一枚
似乎既无退路,也再无前行的勇气

青　篱

◎谢晓婷

我骄傲于我拥有这世上唯一准许犯错的身体
跟白天作对,给夜晚埋雷
我骄傲于我拥有月亮的独门绝技
能徒手打开虎豹的樊笼,点亮矢车菊的花蕾
我曾追杀过的一树桃花,经高人指点,脱胎成青衣
前世的魂魄还给流水,今生的躯壳,抱着空空的枕头,替我落泪
我曾避难的庄园向我索要修行的经卷和灵魂
而天色已晚,落日散淡,预留的骨骼,琢不成一盘好棋
好脾气的柿子依旧为仇人掌灯,为衣衫褴褛的我
背负离恨苦,吞咽癫嗔恶,用以消解凉风的原罪
——入夜的冷杉,内心都有一座黄金的庙堂
接受落难的暴雨。接受每一位行者和他悲凉的马匹

以上均选自新浪博客

2019 年度网络诗选
中国诗歌网推荐精选

再造的手脚

◎汤养宗

活过四十年后,看啊,世界又要配合它
鹰再次筑巢于绝壁,用一百五十天
重新打造一副身体,先是叩击坚石
废掉已弯的不能用的尖喙
再用新长的,啄出老化的趾甲
有了新爪,又一根根拔去翅膀上那排旧羽片

"竟可以对自己这般做手脚"
说这话的危崖倒立着,并真正被内心整理过
好了,一切又是全新的,新到
发现世界的脖子比原来的短了很多
什么是新叙述,只记得
那么老的身体,又是一座失而复得的花园

大觉寺归来

◎臧棣

黄昏时分,一个废墟谦卑如

人生的空白还从来没有
在你面前如此安静过；

半山腰多娇一个自然的角度，
俯瞰交替远眺，乾坤的极限逃不过
有时，缓冲带在历史中藏得太深；

而人心一旦缥缈，自我难免会
投靠深奥；看上去，生动多于冲动，
但总差那么一点，才是灵魂出窍。

或者，地平线也不过是一道门槛；
借着山风，古老的遗风吹进来，
将巨人的悲伤过滤成沉浮太偏僻。

小山坡

◎路也

下午三点钟，我仰卧在小山坡
阳光在我的上面，我的下面，我的左面，我的右面
我的前面，我的后面
阳光爱我

太阳开始偏西，我仰卧在小山坡
在我的上下左右前后，隔年的衰草柔软又干爽

这片冬末的茅草地如此欢喜
一个慵懒的人

我仰卧在山坡
坡度不大不小，刚好相当于内心的角度
比照某个诗句，把自己当成一只坛子
放在山东，放在一个山坡上

仰卧望天，清风、云朵、蓝天、喜鹊
一道喷气飞机拉出白色雾线
它们按姓氏笔画排列得那么有序
我还望见虚空，望见上帝坐在云端若隐若现

天已过午，人生过半
我独自静静地仰卧在郊外的茅草坡
一个失败者就这样被一座小山托举着
找到了幸福

夜　雨

◎庞培

黑黑的房子里别无长物
只有一场雨
仿佛有人把豆粒撒在屋顶上
空气里有夏天特有的晶莹

我要到雨天的窗口收割自己
但雷声仍在阁楼上和怪物格斗
一分钟,楼梯崩塌
茫茫雨雾,如同尘埃

雨仿佛从怪物的刀刃上甩出
黑黑的房子里,勇武、嗜血、怯懦
看不见的格斗
灌满了风暴

突然
一个灵魂从另一个灵魂里站起来

撒哈拉的甘露店

◎向以鲜

我想在撒哈拉开爿
甘露店,夜晚只卖
秦朝明月汉代的茶

我的顾客,除了骆驼
饥饿的狼群,还有
偶尔造访的诗人

我想在撒哈拉开一爿
甘露店，白天只卖
唐朝热泪宋朝的冷

我要从沙砾中挤出春天
从白骨的河床上刮落
唯一的甘甜

筷　子

◎黄梵

筷子，始终记得林子目睹的山火
现在，它晒太阳都成了奢望
它只庆幸，不像铺轨的枕木
摆脱不了钉子冒充它骨头的野心

现在，它是我餐桌上的伶人
绷直修长的腿，踮起脚尖跳芭蕾——
只有盘子不会记错它的舞步
只有人，才用食物解释它的艺术

有无数次，它分开长腿
是想夹住灯下它自己的影子
想穿上灯光造的这双舞鞋
它用尽优雅，仍无法摆脱

天天托举食物的庸碌命运

我每次去西方，都会想念它
但我对它的爱，像对空碗一样空洞
我总用手指，逼它向食物屈服
它却认为，是我的手指
帮它按住了沉默那高贵的弦位

当火车用全部的骄傲，压着枕木
我想，枕木才是筷子的孪生兄弟
它们都用佛一样的沉默说：
来吧，我会永远宽恕你！

小青藤

◎世宾

到了篱笆上，小青藤有了根据地
之前它小心翼翼，从泥土里探头
忍受昆虫的噬咬，艰难地
用几片嫩芽搭起了梯子

"只有阳光照耀的地方才值得活"
它从不掩饰自己的想法，它
甚至不能有丝毫的犹豫
因为怜悯从未在丛林的法则中产生

它被自由的意志带向了高处
柔软的触须最清楚四周的障碍,因为
它周围的否定力量具有高高在上的傲慢

小青藤攀上了篱笆,就拥有一片新天地
它看不见的脚爪,很快
就把那张绿色的大网
铺向所有的角落

我爱生生死死的希望和幻灭

◎李瑾

我爱这悲怆的大地,爱一只大鸟自傍晚
掠过黎明,爱树木静静地站在微水湖畔
不谙世事。当然
我也爱灯火和废墟,爱它们历历在目的
尽头、不可磨灭的起始,爱这种空洞的
踏实
——一些事物注定消失在相爱里
我爱这种状态:人人互不相识,又胜似
旧友,他们抬头仰望星辰,低头便落入
尘埃,他们不生不死
替时间熨平人世的一些起起伏伏
我也会悄悄爱上伤心,爱上鲜有的快乐

爱上这个凡尘中属于人的泪眼，和它们
浩浩荡荡的收集者：
哪一种泪水还没有流过

每日每夜，我爱生生死死的希望和幻灭

雨水节

◎颜梅玖

窗外，雨沙沙地滴落
我躺在床上
从一本库切的小说里歇下来
去听那窗外的雨声
房间里开着暖气
细叶兰第二次开出了
一串粉紫色的小花
厨房里煲着一小罐银耳羹
香甜的味道弥漫了整个房间
一整天了
我沉浸在小说的细节中
在时间的表皮上
雨自顾自地嘀嗒着
均匀而有节奏
书中那个老摄影师的身份困境
汇同着它，一起垒高了我的惶惑

这回,是应和
使我感到不安和不快

一个老烟鬼的火柴情结

◎高凯

用火柴点烟
是一种很有思想内涵的点烟方式
一手拿火柴盒一手拿火柴
嚓的一声

那一瞬间
火柴头迅速划过黑色的磷面
思想突然蹦出火花
不但让我的眼前为之一亮
还有一股火药味
扑鼻而来

然后我深深吸一口香烟
将火柴的火焰吹灭
看一股黑烟
袅袅消散

打火机是多么幼稚
火柴这种传统的点烟方式

还让我想起了
钻木取火

用火柴点烟的方式
让我不吸烟也爱上了划火柴
当然不是为了点烟
而是擦亮自己

吸烟是我的意识形态
从内心深处一直到火柴的头脑
我始终提醒自己
不能受潮

李白路过的回山镇

◎洪烛

一朵荷花回头,看见了蜻蜓
一只蝴蝶回头,看见了梁祝
一首唐诗回头,看见了李白
李白也在这里回过头啊
是否能看见我?我是李白的外一首
一个梦回头,就醒了
一条河回头,意味着时光倒流
一条路回头,一次又一次回头
就变成盘山公路

一座山也会回头吗?
那得用多大的力气?
回山的回,和回家的回
是同一个回字。即使是一座山
只要想家了,就会回头
我来回山镇干什么?没别的意思
只想在李白回头的地方,喝一杯酒
酒里有乾坤,也有春秋
这种把李白灌醉的老酒,名字叫什么?
还用问吗?叫乡愁

水淹橘子洲

◎谭克修

我帮副驾驶位置瘦弱的身体系好安全带
他安静地坐着
由于对城市过于陌生
有些兴奋,一路上左顾右盼
也有些怯意
好像不再是
有着古同村粗嗓门的男人
车开到橘子洲大桥
他望着宽阔的江面啧啧称奇
作为村里有名的木匠
很好奇这么长的桥怎么建起来的

我们的目的地是橘子洲的石像
他看石像的眼神很虔诚
也看到石像周围的橘子熟了
但我们的车冲过大桥的临时警示牌
驶入橘子洲时
这里已被洪水淹没
只剩下一些高的橘树
将树尖上的青涩小橘子奋力举出水面
父亲瘦弱的身体
不知何时已从副驾驶位置消失

留在纸上的诗是一首诗的遗址

◎高鹏程

时间带走了它的气息、温度和光泽。
只留下一具躯壳。(不久以后,也许会化成骨殖,腐烂
也许,有的部位会成为化石)

之前,它们曾经焦灼于他的胸腔、头脑,充满
血丝的眼球
存在于他写下它们时
笔画的轻重,每一行字的缓急
以及敲击键盘时的哒哒声中。

其中一部分,在试图诞生之前

他就让它们消失了。
那是最隐秘的,它抿紧了嘴角。

一首留在纸上的诗
是一首诗的遗址。他带走了其中的快感、痛苦和绝望。
时间和雨水带来了荒草

他渴望有人能够找来,但却在沿途
布下了重重迷雾。

而合格的读者是一个考古学家
穿过荒草、时间和雨水
他打开了语言的封土
文字的墓砖

最后他打开了修辞的棺盖
它还在那里
一首成为骨骸的诗,兀自颤动它的骨指。

病　中

◎苏省

败叶覆盖朽木,流水逝去春秋
西风中,更多高处让位于来自至远的天光
这斑驳洞穿的苍生

并没有在意自己将猛虎选举为王

病中人也不在意余生长出哪一种年轮
宽处欢愉松软，窄处线条间
木质坚如铁骨。我并不在意此生
被打造成哪一种器物，却在意世间有无好匠人

黄杨，香樟，水杉或榉树
总有一种制度，令他们如此罗列在我四周
不计短长，弗言悲喜
被啃噬，披风霜，对寸土余生仍不存疑

悲秋常作客，多病独登台
我并不在意与他们并列于山林之间
却在意猛虎长啸
绊倒在哪一处铁骨横生的枝节

海边书

◎慕白

我闲居已久
整日无所事事
如果你也有空
请来跟我一起去海边走走

酒只够两个人喝，人多了不行
明月还剩许多，只管拿去，只是天
在海边黑得越来越早了

我不是来度假的
我对孤独深度过敏
一风吹草动，我都深感不安
房门没有上锁，你推进去就是

昨夜桃花盛开，醒来发现又是在做梦
大家都很匆忙，谁也赶不上过去
人生有如候鸟，爱自己就是爱他人

我懒得出门，已无天命之忧
没有那么多为什么，写诗是无用的
我从没有过逐鹿中原的野心
我只珍惜眼前，我爱的和爱我的人
我和海水不一样，爱就深爱

蛾

◎黄玲君

整个夜晚
它趴在那里，一动不动
它来自无可记忆的地方

仿佛就是你的婴儿期
人，花了几乎永恒一样长时间
一无所知躺在摇篮里
如此的不可思议
今天的你
难以理解，成长所获知识
只不过是一只蛾
所携带的金粉
你捏过翅膀的手指
有一种滑腻
随着它翅膀低低颤动
沐浴光的投影
你只能不动声色地接受
接受它的表面意义
当这不寻常的事情并没有发生过

我所热爱的是这些尘埃

◎白鹤林

我所热爱的是这些尘埃，沉重的微物
因为承受力而坠落
在割裂的光影中呈现庞大的思维

我所热爱的是这些尘埃，灵魂的抚摸
死者创造的短暂的欢乐

梦境中少年重复的恐惧与漫游

我所热爱的是这些尘埃，永恒的守护者
作为时间的最后仆人
偶然间读到关于诅咒的书籍

我所热爱的是这些尘埃，上升的载体
从大地、噩梦、雨季、棕树上坠落
开始另一次美妙的旅行

晚安，少年

◎丁鹏

城市之光，透过手机向你低语
你失眠，因为你是一截导体
电流伴随你的指尖溅起细浪
指尖滑动，刷屏的二手真相
眨动睫毛，像一棵春天的稗草
像你在游戏中死去，又复活
晚安，少年。夜的电压平稳
躺回床上，手机放到座充上
摄像头在凝视你，你阖上眼睑
当心跳撞击地球，你飞起来
穿过星云，抵达宇宙的边缘
站到她的面前，像过去一样

你亲吻她,和她分享你的悲伤
晚安,少年。明天的屏幕里
楚门会逃出他所热爱的城市
你也会打通最难的一道关卡

布 吉

◎木叶

布吉在世界的另一处栖息。他和我隔着菩萨和神像、
拼音与繁体汉字。太平洋不动声色,赤道灼热如一首刚写就的
　诗歌。

深山寺庙的早晨,我紧裹冬衣,跟在一群僧人的后面诵读经文;
布吉赤着夏天的脚,跑来跑去,在他身后,沙滩明朗,好像铺了
　一层炼乳。

他看不见我,除了棕榈树、掠过头顶的航班,
哪怕顺丰快递转达的呼吸已经分不出国界。

月亮在头顶旋转如巨大的孤独。逐渐变冷的月面上,中国的嫦娥
是否还在眺望着长城、古代的武夫和外国的生活;

是否会忧郁地对吴刚指点正在缓缓移动中的雾霾?布吉说,
他手里的书上完全不是这样说的,玛雅人口口相传,潮汐临近,

可以用一根撑杆，飞掠而起，撑过广袤的太平洋，还可以
在弹起的一刹那，用足心中的意念，顺势来到嫦娥的面前。

绿皮火车

◎唐小米

每节车厢都映出夕阳通红的脸
这是一辆批发落日的火车

一个河南女人用方言教训她泛着阳光的女儿
又用方言安慰吃奶的儿子
她肥硕且疲惫
光泽如身旁空空的
皮革书包

她在嗑瓜子，果壳堆在脚下
她的孩子在尖叫
像把空中的果壳踩碎了

这陷入恶作剧的孩子
一路尖叫
一路踩在她母亲扔下的果壳上
火车也来凑热闹
火车碾着回忆
把踩过的果壳又踩了一次

是的。仿佛一个又一个落日碾着铁轨
把踩过的果壳又踩了一次

秋风起

◎吴投文

秋风起,我从阁楼里下来
敲钟,一下两下叮当
蝉声的羽翼稀薄

西风来得早哇
有人撞上南墙不回头
独自叹息

草木抵住最后的凋零
却是一个恍惚,又一个恍惚
掩饰果实的迟疑

我钟爱这些发黄的草木
那么脆,天空晴朗
少妇走过庭园里落叶的嘀咕

我和一只蝴蝶的魂有什么区别呢?
舞一下,又一下

河水在远处静静地闪光

梯子已成朽木,我只有沉默
蚂蚁爬上一节
就有一节的恐慌

逆　行

◎孟醒石

器物之美,在于手工
淘洗、拉坯、绘画、雕刻、烧结
黑陶之美,在于镂空
让光线照进幽邃的内心
人到中年,在于通透
接纳风雨,也接纳筑巢的燕子

我的余生,偏要逆行——
熄灭炉火,抚平刻痕,擦掉画迹
停止拉坯,不再淘洗
一步步,从黑陶返回胶泥
在黄河故道,和那些白骨埋在一起
你中有我,我中有你

花椒树抑或我的祖国

◎亮子

我愿意这样站在祖国的大地上
以一棵花椒树的姿态
只需要一块根茎大小的土地
但，养育着我的肋骨和皮肤
根紧紧握着脚下的土地
迎风而立
我有一个个春天，怀抱祖国的枝枝蔓蔓
花椒树抑或我的祖国
我只能这样抓住你
并用浑身的针刺撑起落日余晖
我有满身的清香与热泪
在七月，在火热之中怀抱大海或者太阳
我站在祖国原地
向森林、岛屿和沙漠张望
这些我没有去过以及念及的故地
我激动地捧出太阳般的体香
一旦夜晚来临
我就藏在有月亮的圆肚皮里
向祖国立正、敬礼，唱国歌
还要嗅一嗅九百六十万平方公里的庄严与静谧
尽管我的渺小与她隔着千山万水

渔村听雨

◎二胡

不知是谁擂响了十万面鼓
不是白鹭,不是野鸭,也不会是桐花
桐花的喇叭已经吹出了最后一口香气

桃花和鳜鱼都躲起来了
只有流水被反复捶打,一边奔腾一边呐喊
只有河床和水底的石头一声不吭

一架硕大的古筝在我卧榻之侧
弹奏十面埋伏。十万只手拨动筝弦,急急如令

此刻,只有渔村的灯火是安静的
我在翻读十七首秋浦歌
却没有找到任何一首有关于暴雨的句子

水车谣

◎高峰

傍晚,村里人都在看云彩

浮云在墙头上燃烧
又被浓深的庭院慢慢熄灭

躲在麻栎树后面偷看翻墙的人
我的饥渴与生产队长的饥渴稍有不同
乡村已变得难以忍受

水车是木胎的蛟龙，驮着嫩白的脚踝
池塘清浅，可以看见鱼虾的影子
我在木梯上轻轻咳嗽了一声

月光下，麦秸铺成的屋顶依然是白的
草帽也是白的
如果被雨水淋湿，它们就会稍稍变黑

水鬼今夜翻过了第七十二口塘
我贪恋泥淖时的温暖
仿佛睡在前世的一具棺木里

所有的五谷都在这一天集合
——写在腊八节前夜

◎吕游

所有的五谷都在这一天集合
在锅里，母亲把它们放在一起

像小时候,把我们姐弟七个
放在小小的炕上,七个出窑的瓷器
脸皱着,妈妈一个个洗干净
像洗这些五谷杂粮,只有这一天
四季是团聚的,冷和暖
在一个锅里沸腾,只是少了黑豆

弟弟代替黑豆种在地里
今年,还是不能回家

立春日

◎伊若扬

被冻住的河水的微波,就在今日
就在今日
又荡漾起来。虽然四周依然——
一片萧索

如果,通过相机使它再次凝结
我必须——将这错误删除

河边的残冰上有一只小小鸟停驻
它尖尖的喙在冰上敲啄
还未等你走近就轻灵地飞远

一条鱼翻着白肚皮漂浮在水面——
这春天门槛前的草率的死亡

几只野鸭子一会儿拖着两道水纹
浮游嬉戏，一会儿又钻到了水下
留下一圈圈涟漪，走着走着
你看到冰面和水面此消彼长
暗自较劲，又好似温柔地
相互环抱

云顶寺

◎阮宪铣

寺在山上。进山最好
每次步行，让石阶山路不断出汗
排空山谷一般青翠的空灵

但我不是香客。我只是
喜欢诵经声那么恢宏辽阔
喜欢照见蓝得像镜子一样天空的倒影

喜欢有时候，到菩萨面前站一站
请他们原谅这一周的过错

之后，像哭过的内心

心中特别温柔。像雨后的青山
心尖上挂着翠色的露珠

我爱这里高处世俗的生活,像寺院
厨房里洗净的蔬菜,像遇见春天
刚剥出壳的豌豆,肥嫩、纯真
一颗,一颗饱满
本心善良

每一顶草帽下都有一个相同的父亲

◎阿成

小满之后,天气渐热——
山上的、田中的、地里的活儿
多起来,在乡村,草帽派上了应有的
用场——那种草编的,或黄或灰的
带着太阳的香味和人体汗味的,在粮仓或
墙壁之上歇息多时的帽子,被男人们
一把抓起,扎扎实实地扣在了
脑门上……

他们戴着草帽锄地、施肥、割草,抑或
用柴刀砍去田边的杂灌和芭茅,有时在
泥水飞溅的田畴中犁田打耙、栽秧割禾
肤色黝黑,衣袂飘飘,仿佛是同一个人;

——埋头劳作,半天不说一句话,远远
看去,不知是哪一家的男人哪一个人的
父亲,当归乡的人匆匆穿过田畈,要喊
一声,却不知要喊哪一个,于是不得不
三缄其口——

其实你喊或不喊都一样——乡村夏日
每一顶草帽下,都有一个
相同的父亲。

依然是空

◎小西

寺庙紧邻着茫茫江水
墙壁生了青苔
数不清多少人遁入空门
又有多少人跃入水中

万事皆空啊——
船夫经过此地必喊。

空啊,空啊——
山谷认真地回答

目睹一只鸟的死亡

◎衣米一

榕树下,它扑打着翅膀
但飞不起来。它开合着尖喙
但发不出声音

昏黄的路灯没有照亮它的身体
而是在它的周围形成一个光圈
它在暗处,挣扎

树很大,光很大,世界很大
只有它,是小的
它倒在一小块草皮上,闭上眼睛

我,一个路人。伸出上帝之手
要救它,带它回家
为它准备一个纸盒,小米和水

但它已经筋疲力尽
安身之所,食物和上帝都来得太迟
它像一个来历不明的难民
死在它不熟悉的国境线上

水中的父亲

◎吴友财

父亲说要教我游泳
那是很多年前的事

母亲说他游得好
我至今也没见过

不能在小小的池塘里游吧
不能在浅浅的水渠里游吧

父亲是个好木匠
方圆十里的木匠都没他手艺好

他做的农具会说话
他做的桌椅会唱歌

他的手指有的已不能伸直
皮肤上刻满了永恒的裂口

不是所有的木头
都会在水中漂浮

为什么我还愿意相信

父亲在水中永不沉没

炉　火

◎江浩

你有没有利用
危险事物的秘密
比如将柴油桶横向
锯开，在桶里砌
一个炉膛
这外圆内方的家什，它的前身是
为了隔离火，现在也是

我常在炉口烤火。把双手
短暂地，贴在炉壁上
看火苗托紧壶底，催生水汽
有时，我凑近炉口拨旺火焰
帮没有熟透的红薯翻身
俯下身子的那一刻，火光
把影子，重重地推倒在
身后潮湿的泥地上

有时，我挑一根树枝
把火，从炉膛里请出来，点烟
有时，会有火星掉下来

烫痛我

婚　姻

◎憩园

像梦里，悬崖到处都是。
你不断跳悬崖（或类似悬崖），跳入光亮。
它有轮廓，因为亮着，不能确定其深度。
每次跳完，你又从里面升上来
继续跳，变换姿势跳。跳过来跳过去，
死不了，跳崖的恐惧明显如初夜。
现实中，你不该这样操作，即便二楼，你都颤抖
如某种临危的小动物。有人不信，在桥上，在楼顶
在树上，跳下去，死了，我为这些死难过。那么难过。
比较梦境和现实是没意义的。它们没尺寸，可是
谈论一尺、三尺、六尺却是有必要的。
相较而言，我喜欢游离之物。你有忧伤，我也有。
忧伤突然显现，像感到幸福那样
进入醒着的洁白。在十一月初的清晨，我感受最多的
是内心的悬崖。陡峭而且芬芳。现在，我们坐在这里。
并不多话。在野兽的眼里跳过来跳过去。

麻 雀

◎许敏

带着广大的愿力在飞
飞得那么急促,惊恐
从一处低矮的树丛到另一处低矮的树丛
半边脸喧哗,半边脸虚幻
几乎无暇顾及黄昏落日的
巨大,庄严。
没有一处天堂肯收留它们
也没有一块碑石想过纪念它们
死了,除了骨头成灰
什么也没留下
一只,即是无数只
一生,亦是永生
有时,在斑驳的草地
在肮脏的沟渠边
在城市的一小块漏下阳光的空地上
它们嬉闹,争吵,亲着,搂着……
那种瑟缩的爱,略显拘束的
亲密,你在蒙垢的窗玻璃
后面,突然感到内心的
不忍。岁月天真无邪
你也曾充当过稻草人的角色
白日做梦,夜晚失眠

颠倒的生物钟里,几只麻雀,一闪而过
季节陷于变声期,有无限的辽远
和寂静。严寒将至
一阵大风,一场细雨,在庸常的生活里
迂回,律令不可抗拒
时光如此决绝,你略显忧伤
但也获得了平衡力
此时,公园里
湖水泛白,灵魂趋于洁净
一群麻雀,向一座年久失修的教堂飞去
大地的心,空空荡荡
你不想——独自度过寒冷的冬天

晚秋的晚

◎黑泥

草木身体里的小马达
放弃轰鸣
小雪大雪正在赶往南方的路上
趁此时,黄叶尽情地
下着金色雨

村庄如一座停摆的老钟,蹲在
夕阳的灰烬里
田野一次又一次,舒展

黯淡空旷的羽翼

走在寒冷的晚风中
雁鸣成群结队漫过头顶
身边河流的琴弦，又瘦了一圈
清澈的旋律，低于泥土
低于晚秋的黄昏

唯有蟋蟀的鸣唱，似炊烟
一再升起
它们的歌声，牵来
一片宁静霜花的星空

烈　日

◎吴少东

礼拜天的下午，我进入丛林
看见一位园林工正在砍伐
一棵枯死的杨树。
每一斧子下去，都有
众多的黄叶震落。
每一斧子下去，都有
许多的光亮漏下。
最后一斧，杨树倾斜倒下
炙烈的阳光轰然砸在地上

流水上的剪影

◎陈波来

流水上，一些事物的剪影
认出了我，比如各种步态的人的，惊飞的鸽群的
方正的海关大楼的，远远投来的入海口大桥的……
它们认出我，我肯定是它们眼中
一个没赶上流水的剪影
它们在流水上，一下就慢了脚步，像亲人
一样不舍，看了我最后几眼
我顿生悲凉，有再次被遗弃于人世的感觉

羽毛球不能等于无

◎宋烈毅

我感到是一个个绒球的
路灯在夜晚照着两个打羽毛球的人
两个锻炼身体的人
或者两个无事可干的人
羽毛球不止飞在他们之间的距离
也有跑偏的时候

羽毛球故意跑偏的时候
另一个人乐意在路灯下
弯腰捡着，羽毛球不能等于无
但我在楼上望着，在一种羽毛球等于无的
观望里觉得他们太有意思
他们完成很多动作
有时张牙舞爪的样子
确实让我开心
我又觉得他们和我在白天里的
某种姿势相似
手里总是抓着，但每次都抓了个空

光　辉

◎韩玉光

一座山峰的美德
一条河流的美德，我们一辈子也学不到。
夜宿常德，那个叫善卷的先生
托梦给我——
不要再争来争去了
每一天都有迷人的光辉
再多的人
也享用不尽。
他推开窗户
指给我看

那些上山的人，下山的人
从来不能带走一座山。
那些渡河的人，投河的人
从来不能带走一条河。
我懂了
大地的美德
我们一辈子也挖掘不尽。
生，或者死
只是一个人
一生，分两次献身其中。

尼傲：阳光聚集的地方

◎北乔

我走在这个叫尼傲的山村
整个清晨都在我身体里
飞过的鹰，带走完美的曲线
丛林里，鸟鸣虫叫唤醒了轻雾
影子还在夜晚的怀抱
我来到圣泉边，双手捧起泉水
喝一口，洗洗脸
一片透明中有了我

立于山腰的白塔，如朝圣者
从人间向山顶向天空高举灵魂

慢慢转动的经筒，谁在翻着经书的一页又一页
悬挂的经幡，正在打坐
一位老人走过，经幡点点头
那一身藏袍里，有整个人生
包裹村庄的当下和所有记忆
墙上藏族风情的图画默默注视这一切

河水奔跑，来不及与岸告别
岸很知足，孤独的是河水
彼此亲密无间，巨大的陌生世人皆知
我站在桥上，我走过这座石拱桥
想起喝下的那口泉水
一些美好在我身体里晃动
路边的野花安静而矜持
正在抚慰黑夜留下的泪水

今天是阴天，这个早晨没有阳光
大自然的声音都在
我的脚步声丢在昨天，或许
在明天的某个地方游荡
人们说藏语尼傲的意思是
阳光聚集的地方，其实
尼傲本就是穿过黑暗的阳光
我，也成了一束光

吃　面

◎石玉坤

"来碗面，大碗的，咸菜面，多放辣"
寡淡的生活偏好重口味
洗窗工杨的木在面馆的木椅上坐下
汗腥味像一群散开的苍蝇

卖药的汤莉捂着鼻子绕过去
开麻将馆的杨二婶嘟哝着绕过去
卖彩票的汪一财瞪着眼绕过去
只有背书包的马小丫冲他笑了笑

像一个犯错的孩子
杨的木起身选择面馆的一个角落
蹲下，一张劳动的脸
那么忍气吞声

"在金鹰大厦高大的玻璃幕墙
他像被一根绳子拴着的蚂蚱
不断挣扎。一把刷子，给每一双眼睛
蓝天，给每一次眺望远方"
微笑的马小丫在作文里这样写道